Simone Ehrhardt

Das Geheimnis
des roten Tagebuchs

Simone Ehrhardt

# Das Geheimnis des roten Tagebuchs

## Ein Krimi zum Mitraten

Kläxbox

## SCM
### Stiftung Christliche Medien

Der SCM-Verlag ist eine Gesellschaft der Stiftung Christliche Medien, einer gemeinnützigen Stiftung, die sich für die Förderung und Verbreitung christlicher Bücher, Zeitschriften, Filme und Musik einsetzt.

Dieses Werk einschließlich aller seiner Teile ist urheberrechtlich geschützt. Jede Verwendung außerhalb der engen Grenzen des Urheberrechtsgesetzes ist ohne vorherige schriftliche Einwilligung des Verlages unzulässig und strafbar. Das gilt insbesondere für Vervielfältigungen, Übersetzungen und die Einspeicherung und Verarbeitung in elektronischen Systemen.

© 2015 SCM Kläxbox im SCM-Verlag GmbH & Co. KG
Bodenborn 43 | 58452 Witten
Internet: www.scmedien.de · E-Mail: info@scm-klaexbox.de

Umschlaggestaltung: Dietmar Reichert, Dormagen
Satz: Katrin Schäder, Velbert
Druck und Bindung: CPI books GmbH, Leck
Gedruckt in Deutschland
ISBN 978-3-417-28677-9
Bestell-Nr. 228.677

Für alle, die Band 1 noch nicht gelesen haben, noch einmal kurz zur Erklärung:

## Wie funktioniert der Rätsel-Krimi?

Für Detektive ist es ganz besonders wichtig, dass sie die Augen und Ohren offen halten. Sie müssen alles ganz genau beobachten und gründlich zuhören. Schließlich weiß man nie, welche Kleinigkeiten später wichtig sein könnten.

Zum Schluss eines jeden Kapitels gibt es ein Rätsel, das du lösen kannst, wenn du beim Lesen gut aufgepasst hast. Mit jeder Lösung erhältst du einen Buchstaben. Wenn du am Ende alle Buchstaben zusammensetzt, ergibt sich daraus ein Motto, das für W.O.L.F. in diesem Fall besonders wichtig ist ☺.

Übrigens gibt es ganz am Ende der Geschichte nochmal alle Rätselfragen im Überblick. Dort kannst du auch deine Lösungen notieren.

Viel Spaß beim Lesen und viel Erfolg beim Grübeln!

**W.O.L.F.** – das ist ein Detektiv-Club, bestehend aus den drei Freunden Wuschel, Olaf und Latif und Wuschels Ratte Freddy.

**Olaf** (Teschke) ist ein zwölfjähriger Junge mit kurzen braunen Haaren und einem ganz beachtlichen Intelligenzquotienten. Er hat fast immer gute Noten (außer in Sport) und bringt mit seinen Fragen manchmal sogar die Lehrer zum Schwitzen. Er lebt mit seiner Mutter in einer 3-Zimmer-Wohnung mit kleinem Balkon. Er ist ein Computerfreak und liebt allen möglichen technischen Schnickschnack, genau wie Flohmärkte und alten Trödel.

**Latif** (Arslan) ist ebenfalls zwölf und geht in dieselbe Klasse wie Olaf. Er liebt Sport und ist am liebsten dauernd in Bewegung. Er lebt mit seinen Eltern und einem älteren Bruder in einer nicht allzu großen 3-Zimmer-Wohnung. Latif versorgt den Detektivclub gelegentlich mit türkischen Leckereien, die seine Mutter selbst herstellt. Da er den Computer zu Hause mit seinem Bruder teilen muss, hat er oft Zeit, seine Nase in spannende Bücher zu stecken. Er spielt Fußball in einem Verein.

**Wuschel** heißt eigentlich Katharina (Karmann) und ist zwölf. Sie geht in eine Parallelklasse der beiden Jungs. Katharina ist abenteuerlustig und sorgt gelegentlich dafür, dass der Detektivclub in größere Schwierigkeiten gerät, als es eigentlich sein müsste. Genau wie Olaf und Latif liest sie mit Begeisterung Detektivgeschichten, außerdem nimmt sie Reitstunden. Ihren Spitznamen Wuschel erhielt sie, weil sie sich einmal selbst die Haare schnitt und das ziemlich schiefging. Sie wohnen in einem tollen alten Fachwerkhaus mit einem großen Garten. In der dschungelartigen Ecke steht eine Hütte, die Wuschel sich mit alten Möbeln ihrer Großeltern eingerichtet hat und wo sich jetzt der Detektivclub am liebsten trifft.

**Freddy** ist Wuschels schokobraune Farbratte. Er frisst für sein Leben gern Erdnüsse und ist sehr intelligent. Eigentlich darf er nicht mit in die Schule, aber Wuschel schafft es immer wieder, ihn einzuschmuggeln. Wenn er entdeckt wird, gibt es jedes Mal ein großes Theater, inklusive Antreten beim Direktor, Einberufung der Eltern und anschließendem Hausarrest. Freddy ist aber wirklich völlig zahm, lässt sich gern streicheln und würde niemals weglaufen (sagt Wuschel).

**Sissi Karmann** ist neun Jahre und die kleine Schwester von Wuschel. Sie hat einen Hamster namens Snickers. Sissi ist ziemlich begeistert von Latif und himmelt ihn an, wenn er in der Nähe ist, was diesem jedoch eher peinlich ist. Sissi ist nicht nur neugierig, sondern möchte auch immer wissen, was ihre große Schwester gerade tut. Und natürlich will sie gern dabei sein.

# Inhalt

Kapitel 1 · Ein alter Dachboden ist immer für einen Schatz gut ............................................. 13
Kapitel 2 · Nachts sind sogar Einbrecher grau ................... 21
Kapitel 3 · Wer sucht was, und vor allem – warum? .......... 28
Kapitel 4 · Bert und eine böse Überraschung für Olaf ................................................................. 35
Kapitel 5 · Ein neuer Fall für W.O.L.F. ............................... 43
Kapitel 6 · Ein Papier sagt mehr als seine Worte ............... 49
Kapitel 7 · Die Schatzsuche beginnt .................................. 56
Kapitel 8 · Berts denkwürdiges Zuhause .......................... 63
Kapitel 9 · Tarik räumt das Feld und Latif hat freie Bahn ................................................. 69
Kapitel 10 · Das blonde Mädchen ....................................... 74
Kapitel 11 · Der geheime Raum .......................................... 80
Kapitel 12 · Ein seltsamer Fund .......................................... 86
Kapitel 13 · Freddy wird zum Lebensretter ........................ 92
Kapitel 14 · Die Ungewissheit eines langen, dunklen Tunnels .............................................. 98
Kapitel 15 · Dieses Biest ist ein Verräter ........................... 104
Kapitel 16 · Bekanntmachung der ersten Täter ................. 110
Kapitel 17 · Auftrag eins – erledigt! .................................. 115
Kapitel 18 · Auf geheimer Mission .................................... 121
Kapitel 19 · Ein schwarzer Tag für Wuschel ..................... 127

Kapitel 20 · Freddy in den Händen des Feindes ................. 133
Kapitel 21 · Latifs große Überraschung ............................... 139
Kapitel 22 · Eine Entführung in Belgien,
und der Tag wird immer schlimmer ............... 145
Kapitel 23 · Auf der Lauer an der Hütte am Waldsee......... 151
Kapitel 24 · Wie verhindert man ein Inferno
und seinen eigenen Tod?.................................... 156
Kapitel 25 · Nass läuft man langsamer ................................ 162
Kapitel 26 · Einer jener Abende ............................................ 168
Kapitel 27 · Das Geheimnis des roten Tagebuchs............... 172


Hier alle Fragen noch mal im Überblick ...................... 176
Die W.O.L.F.-Detektivausrüstung ................................184

**Wuschels Stimme** klang brüchig, als sie mit ihm sprach. »Bitte, Olaf, geh und hol ihn. Bitte, tu es für mich. Für Freddy!« Sie flehte mit aller Verzweiflung. »**Bitte!**«

Kapitel 1

# Ein alter Dachboden ist immer für einen Schatz gut

Wuschel linste über ihre Sonnenbrille hinweg Olaf und Latif an. Die Sonne stand hoch am Himmel und schien grell über den Schulhof.

»Es wären nur ein paar Tage. Ich finde, wir sollten das übernehmen.«

Olaf zögerte, genau wie Latif. Wuschel, die eigentlich Katharina hieß, hatte sie gerade mit dem Vorschlag überrascht, dass sie bei ihrer Nachbarin, einer alten Frau, den Dachboden entrümpeln sollten.

»Wir werden sogar dafür bezahlt!«

»Seit wann brauchst du denn eine Bezahlung?«, erkundigte sich Latif mit einem Stirnrunzeln. So, wie sie Katharina bisher kennengelernt hatten, war sie mit einem großzügigen Taschengeld ausgestattet. Wuschel zuckte mit den Schultern.

»Tja, seit unserem nächtlichen Ausflug im Fall des goldenen Todesreiters halten mich meine Eltern an der kurzen Leine. Sie meinen, dass wir ohne mein Erspartes gar nicht in der Lage gewesen wären, auf dumme Gedanken zu kommen. Und sie haben irgendwie recht.«

Bei ihrem ersten gemeinsamen Detektivfall, bei dem es um eine verschwundene mongolische Figur aus dem Museum ging, war ihnen nichts anderes übrig geblieben, als einen langen Ausflug zu machen und dann auch noch eine halbe Nacht zu verschwinden. Ihre Eltern hatten leider wenig Verständnis für ihr Unternehmen gezeigt, obwohl sie es wenigstens teilweise zu akzeptieren schienen, als die ganze Wahrheit über ihren selbstlosen Einsatz am nächsten Tag in den Zeitungen stand.

»Und die Belohnung?«, fragte Latif. Sie hatten im Anschluss an ihren Fall vom Museum für die Wiederbeschaffung der echten

Statue etwas Geld erhalten. Olaf und Latif beglichen damit zuallererst ihre Schulden bei Wuschel, denn sie hatte mehr oder weniger für alle Ausgaben bei ihrer Ermittlung bezahlt.

»Auf einem Sparbuch außerhalb meiner Reichweite.« Wuschel zog die Mundwinkel nach unten. »Also, was ist nun? Unsere Nachbarin ist echt nett und sie will jedem von uns hundert Euro geben, wenn wir die Arbeit erledigt haben.«

Olaf zog die Nase kraus. »Ich weiß nicht. Wir sind doch ein Detektivclub. Wir wollen Kriminalfälle lösen und nicht anderen Leuten den Kram sortieren. Was, wenn wir morgen den nächsten Fall übernehmen? Dann haben wir gar nicht genug Zeit für beides.«

»Sei mal ehrlich – bisher hat man uns nicht gerade mit Aufträgen bombardiert«, warf Wuschel ein. »Wir könnten das Geld gut gebrauchen, zum Beispiel für Ausrüstung und unsere Geschäftskarten. Außerdem dürfen wir behalten, was uns gefällt, wenn Frau Jahn einverstanden ist. Sie ist froh, wenn sie das Zeug loswird.«

Olaf sah zu Latif. Der nickte.

»Ich fände es okay. Wir könnten nachmittags und am Wochenende jeweils ein paar Stunden für die Frau arbeiten. Bestimmt sind wir recht schnell fertig mit allem. Sie kann ja nicht so viel haben, wenn sie allein lebt.«

Schließlich stimmte auch Olaf zu. Wuschel hatte leider recht – nach dem Fall um den goldenen Todesreiter war kein neuer aufgetaucht. Dabei war dieser Fall schon ein paar Wochen her. Sie waren jetzt der W.O.L.F-Detektivclub, und Olaf hatte fest damit gerechnet, dass sie viel zu tun bekommen würden, zumal sie seit Neuestem auch eine eigene Webseite und Visitenkarten besaßen. Wahrscheinlich dauerte es einfach eine Weile, bis es sich herumsprach, dass man sie engagieren konnte.

Das Läuten beendete die Pause und sie verabredeten sich schnell für den Nachmittag, um mit dem Ausmisten eines Dachbodens zu beginnen.

Eine sehr, sehr alte Frau öffnete die Tür, nachdem Wuschel geklingelt hatte, und sah sie über ihren Rollator hinweg fragend an. Sie war gerade mal so groß wie Katharina, mit tausend Falten und Knittern im Gesicht, hatte weißes, flaumiges Haar und trug trotz der spätsommerlichen Wärme eine dicke, ausgeleierte, hellblaue Strickjacke.

»Hier sind wir, Frau Jahn«, erklärte Katharina laut. »Das sind die beiden Freunde, von denen ich Ihnen erzählt habe. Wir sind wegen Ihres Dachbodens hier.«

Frau Jahns Gesicht hellte sich auf. »Ach so, ja, kommt doch herein.«

Sie folgten ihr in das überheizte Hausinnere durch den Flur in die Küche. Olaf brach augenblicklich der Schweiß aus.

»Ist kühl heute, nicht wahr?«, meinte die alte Dame und setzte sich auf eine alte Bank, vor der ein Tisch stand. »Ich kann nicht mehr so lange stehen«, fügte sie entschuldigend hinzu. »Ihr kommt also wegen des Dachbodens, ja?«

Die drei Detektive nickten eifrig. Je eher sie anfingen, umso besser. Olaf wollte möglichst schnell raus aus dem stickigen Raum.

»Wisst ihr, da gibt es allerhand Trödel und Andenken. Wenn ich mal nicht mehr bin, sollen meine Kinder sich nicht mit all dem Ramsch herumärgern müssen. Deshalb will ich das entrümpeln lassen und dann den Sperrmüll bestellen. Dort oben sind sogar noch Sachen, die meinen Großeltern gehörten. Die haben dieses Haus gebaut. Alle Möbel, die sie, meine Eltern und später mein Mann und ich nicht mehr gebraucht haben, sind immer nach oben gewandert. Man hat früher nicht so viel weggeworfen und ich muss zugeben, ich kann mich auch von nichts trennen. Aber es muss nun mal sein. Ich werde ja nicht mehr lange hier verweilen.«

Offenbar sprach sie von ihrem Tod. Olaf fuhr sich unangenehm berührt mit dem Finger unter den Halsausschnitt seines T-Shirts, das anfing, an ihm festzukleben.

»Ich dachte mir das so«, fuhr Frau Jahn fort. »Alles, was nicht mehr zu gebrauchen und kaputt ist, stellt ihr in die Einfahrt für die

Müllabfuhr, die holen das in ein paar Tagen ab. Die Dinge, die noch ganz ordentlich in Schuss sind, bleiben oben. Dafür lasse ich jemanden kommen, der sie abtransportiert und weiterverkauft. Und dann gibt es noch die Sachen, die ich behalten möchte, all die lieben Erinnerungsstücke an meine Eltern hauptsächlich. Haltet Ausschau nach Fotografien, Briefen und solchen Sachen, die könnt ihr mir bringen, und ich schaue sie mir an und entscheide, was damit passieren soll. Habt ihr das soweit verstanden?«

»Alles klar«, versicherte Wuschel.

»Ich komme da nicht mehr hoch«, meinte die alte Frau und deutete auf ihren Rollator, »aber ich weiß sehr gut, wie es auf dem Dachboden aussieht. Es gibt auf einer Seite ein großes Fenster, da könnt ihr die Dinge, die zum Müll kommen, runterwerfen. Das Fenster geht direkt auf die Einfahrt hinaus.«

Olaf gab einen erleichterten Seufzer von sich. Er hatte schon befürchtet, sie müssten mit schweren Möbeln mehrere Stockwerke hinunterklettern. Sein eigener Umzug in die Stadt lag noch nicht lange zurück und er erinnerte sich sehr genau an den fürchterlichen Muskelkater, den er vom Schleppen der Kartons und Kisten bekommen hatte. Latifs Mundwinkel zuckten und er warf Olaf einen amüsierten Blick zu, als hätte er seine Gedanken gehört.

»Wenn ihr Durst habt, kommt runter. Ich stelle euch Limonade und Saft in den Kühlschrank. Katharina, du weißt bestimmt noch, wo es hinauf geht. Du warst ja schon mal oben.« Frau Jahn deutete mit ihrer Hand Richtung Decke und Wuschel salutierte beinahe, so zackig riss sie den Kopf hoch und die Schultern nach hinten.

»Jawohl, weiß ich. Folgt mir«, forderte sie Latif und Olaf auf und marschierte aus der Küche, ohne sich noch einmal umzusehen. Sie stiegen die Treppe hinauf ins obere Stockwerk – am Geländer war ein Treppenlift befestigt, der Frau Jahn zwischen den Etagen beförderte – und dort angelte Wuschel mit einem Stock, an dem ein Haken befestigt war, an der Decke nach dem Ring in der Falltür, um sie nach unten hin zu öffnen. Latif musste ihr beim Ziehen helfen und gemeinsam öffneten sie den Zugang zum

Dachboden und ließen die Klapptreppe herunter. Die Stufen waren steil und hoch.

Stumm sahen sich die drei, an ihrem Ziel angekommen, um. Es war wesentlich schlimmer, als Latif angenommen hatte, so viel konnte Olaf ihm vom erstaunten Gesicht ablesen. Der Dachboden war zwar groß, dennoch standen die Möbel von drei Generationen übereinandergestapelt rings um sie herum. Tische, viele, viele Stühle, ein Sofa, so wuchtig, dass Olaf sich unwillkürlich fragte, wie sie das jemals hier herauf bekommen hatten. Außerdem alte Bettgestelle aus Metall und eins aus Holz, Sessel, zwei Kleiderschränke, einem davon fehlte eine Tür, enorm große Truhen aus dunklem, fast schwarzem Holz, abgewetzte Koffer, die alle vollgestopft schienen, ausgeblichene und abgetretene Teppiche, Regale und Kommoden. Dazu auf jedem freien Plätzchen Vasen, Krüge, Geschirr, Bilder, Bücher, Kleider und Hüte, alte Schuhe, Schlittschuhe, Ski, Schlitten und Bälle, Tennisschläger, Federballschläger, ein Boccia-Set, Kästchen und Dosen, Hutschachteln … Sogar eine Schneiderpuppe gab es, die ein altes Kleid mit Fransen und einer Federboa trug.

»Wir werden Wochen brauchen!«, ächzte Wuschel.

»Eine wahre Fundgrube!«, jubelte Olaf, der sich endlich für die Aufgabe erwärmen konnte. Er stöberte unheimlich gern auf Flohmärkten herum und das hier versprach, noch viel besser zu werden.

»Wo fangen wir an?«, grübelte Latif laut. »Es steht alles voll, wir müssen erst einmal Platz schaffen, um eine Ecke zu haben, in die wir die Sachen bringen, die verkauft werden können. Aber wo?«

»Wo ist das Fenster?«, erkundigte sich Olaf und hielt Ausschau nach Tageslicht. Bislang erhellten hauptsächlich zwei nackte Glühbirnen den Dachboden.

»Zugestellt«, antwortete Wuschel und befand sich schon auf dem Weg durch einen Stapel Stühle. »Es ist hier, hinter diesem Regal, seht ihr? Da unten ist nämlich die Einfahrt. Es kann nur in dieser Wand sein.«

Sie zog an einer mit Büchern vollgestopften Vitrine, um sie vorzuziehen. Das Möbelstück bewegte sich quietschend einige Zentimeter über den Dielenboden.

»Dann sollten wir zuerst dort alles freiräumen«, schlug Latif vor. »Wir müssen ja immer wieder zum Fenster, um den Müll loszuwerden.«

Sie stürzten sich in die Arbeit, schoben und wuchteten Möbel zur Seite, stapelten Bilder und Stühle über- und nebeneinander und versanken dabei in Staubwolken. Fünf Minuten später waren sie in eine hitzige Diskussion darüber vertieft, ob alte, vergilbte und eingestaubte Bücher Müll waren oder ob sie zu dem Stapel der verkaufbaren und aufzuhebenden Dinge gehörten. Sie mussten Frau Jahn fragen und die befand, dass die Bücher aufgehoben werden sollten. Schon bald war das Fenster freigeräumt und sie begannen mit der Suche nach allem, was kaputt war. So flogen wenig später löchrige Schuhe, Stühle ohne Sitzpolster und Armlehnen im hohen Bogen in die Einfahrt. Danach flatterten mottenzerfressene Kleidungsstücke und Bücher ohne Einband hinterher, ein Schlitten, dem die Hälfte der Leisten fehlte, ein Koffer, dessen Verschluss nicht mehr funktionierte, ein Bilderrahmen ohne Glas und jede Menge muffiger Kissen mit klumpig gewordener Füllung.

Am Abend, als es Zeit wurde, nach Hause zu gehen, sah es tatsächlich schon ein bisschen leerer aus. Olaf durchstöberte gerade eine der riesigen Truhen, als Latif ihn daran erinnerte, dass sie Schluss machen mussten, um den Bus zu kriegen.

»Ja, einen Moment noch«, entgegnete Olaf ohne aufzusehen. »Ich glaube, diese Sachen haben einmal einem Soldaten gehört. Schaut mal, hier ist eine Uniform.« Er zog die blauen Kleidungsstücke heraus und hielt sie in die Höhe. Ein kleines, in rotes Leder gebundenes Buch flog auf den Boden.

»Oh, was ist das denn?« Wuschel hob es auf und blätterte darin. »Sieht wie ein Notizbuch aus.«

»Vielleicht ein Tagebuch«, vermutete Latif. »Viele Soldaten führten Tagebuch während des Krieges, um ihre Erlebnisse niederzuschreiben und für die Nachwelt festzuhalten.«

»Kann ich es mal sehen?«, bat Olaf.

Wuschel reichte es Olaf, der es interessiert aufschlug. Die Seiten waren dicht mit einer kleinen Handschrift gefüllt, viele Zeilen, die kaum oder gar nicht zu entziffern waren. Es würde einige Zeit dauern, sich darin zurechtzufinden.

»Ich würde es gern lesen. Ich frage Frau Jahn, ob ich es mir ausleihen kann.«

Er legte die Uniform ordentlich über die Rückenlehne eines Sessels. Sie schalteten das Licht aus und stiegen ins Erdgeschoss hinunter, wo ihre Auftraggeberin schon auf sie wartete. Olaf zeigte ihr das Tagebuch.

»Das muss von meinem Vater sein«, überlegte die alte Dame. »Er war Soldat im Ersten Weltkrieg. Er wollte nie, dass ich es lese. Er meinte, es seien zu viele grauenhafte Dinge darin geschrieben, die mich nur verstören würden.«

»Wollen Sie es jetzt lesen?«, erkundigte sich Olaf. Frau Jahn drehte das rote Buch in ihren Händen hin und her und überlegte. Schließlich schüttelte sie den Kopf.

»Nein, ich glaube nicht. Ich möchte den Wunsch meines Vaters respektieren, auch wenn mich seine Erlebnisse heutzutage vermutlich nicht mehr so erschrecken würden. Inzwischen weiß man sehr gut, wie es in diesem Krieg zuging.«

»Darf ich es mir ausleihen?«

Frau Jahn sah Olaf betrübt an. »Bist du dir sicher? Ich weiß nicht, ob das so ratsam wäre. Offensichtlich ist es nicht für Kinderaugen gedacht.«

Olaf beschloss, diese Bemerkung über »Kinderaugen« nicht persönlich zu nehmen. »Ich würde gern versuchen, ob ich die Schrift entziffern kann. Und wenn die Schilderungen zu schlimm werden, kann ich ja aufhören.«

»Nun gut, nimm es ruhig mit. Aber verlier es nicht.«

Natürlich würde er das Tagebuch nicht verlieren. Olaf hütete all seine Besitztümer wie Schätze. Latif zupfte ihn am Ärmel. Nach einem Blick auf die Uhr sagten sie schnell auf Wiedersehen und stürmten davon. Atemlos sprangen sie im letzten Moment in den Bus, der sie nach Hause bringen würde.

**F R A G E :** *Wie heißt der Detectiv-Club von Olaf, Latif, Wuschel und Freddy?*

Du brauchst den 1. Buchstaben.

Kapitel 2

# Nachts sind sogar Einbrecher grau

Olaf stutzte und sah noch einmal genauer hin. Irgendetwas an der Uniform kam ihm seltsam vor. Sie lag nicht so, wie er sie zurückgelassen hatte. Oder bildete er sich das nur ein?

»War Frau Jahn vielleicht hier oben?«, fragte er, doch Wuschel schüttelte sofort den Kopf.

»Ganz bestimmt nicht, sie käme niemals die Treppe herauf.« Sie bückte sich und holte Freddy, ihre zahme, schokobraune Ratte aus der Tasche. Er machte ein paar vorsichtige Trippelschritte und hielt die Nase schnuppernd in die Luft.

»Du lässt deine Ratte hier laufen?«, wunderte sich Latif.

Auf diesem riesigen, vollgestellten Dachboden konnte das kleine Nagetier leicht verloren gehen oder unter etwas begraben werden. Katharina schien sich darüber keine Sorgen zu machen.

»Er soll sich auch umsehen dürfen. Ratten sind neugierig und eine neue Umgebung zu erkunden ist gut für seine Psyche und seinen Verstand. Wir müssen eben aufpassen. Ihr wisst ja jetzt, dass Freddy hier ist.«

Latif zog die Augenbrauen in die Höhe, erwiderte aber nichts. Olaf wandte sich wieder der Uniform zu, legte Jacke und Hose zusammen und platzierte sie mit dem Helm auf dem Sessel. Dann schaute er in die Kiste, in der er sie gefunden hatte. Wieder beschlich ihn dieses unheimliche Gefühl, dass etwas nicht stimmte. Er sah genauer hin. Zum Schluss war er gestern zwar in Eile gewesen, weil sie gehen mussten, trotzdem war er sich ganz sicher, dass er den Inhalt anders zurückgelassen hatte. Er konnte nicht auf Anhieb sagen, was sich verändert hatte, doch in ihm wurde die Überzeugung immer stärker, dass er sich nicht irrte.

»Könnte sonst jemand hier gewesen sein?«, fing er erneut an.

»Bevor wir lange raten, sollten wir Frau Jahn fragen, wer hier war«, schlug Wuschel vor. Wenig später standen sie vor der alten Dame, die es sich im Garten auf einer Bank vor der Hauswand gemütlich gemacht hatte. Obwohl die Sonne schien, trug sie wieder die dicke Strickjacke, als ob ihr ständig kalt wäre. »Frau Jahn«, fing Wuschel an, »war außer uns eigentlich noch jemand auf dem Dachboden?«

»Du meinst, seit gestern Abend?« Die alte Frau schaute sie verwundert an. »Aber nein, es war niemand außer euch hier. Warum?«

Olaf faltete verlegen die Hände. »Ich hatte den Eindruck, dass jemand oben war und etwas – hm – gesucht hat.«

»Vielleicht ein Marder oder ein Waschbär? Einmal meinte ich tatsächlich, dort oben etwas zu hören, aber ich höre nicht mehr so gut und meine Ohren spielen mir manchmal Streiche.«

Olaf nickte und gab den anderen ein Zeichen, es dabei zu belassen. Auf dem Weg zurück zur Treppe hielt Olaf jedoch inne.

»Ich bin mir inzwischen ganz sicher, dass jemand während unserer Abwesenheit oben war. Wir könnten uns umsehen, ob etwas auf Einbrecher hinweist«, schlug er vor. »Wenn jemand auf dem Dachboden war, muss er ja irgendwie ins Haus gekommen sein.«

»Gute Idee«, stimmten die beiden anderen zu. Sie teilten sich auf, die Türen und Fenster genau zu untersuchen. Es hatte auch wirklich jeder eine Lupe dabei. Olaf suchte die Haustür ab, konnte aber nicht den kleinsten Hinweis darauf finden, dass sich jemand mit Gewalt Zugang verschafft hatte. Auch Latif und Wuschel fanden nichts.

»Das heißt dann wohl«, überlegte Latif, als sie wieder auf dem Dachboden waren, »dass derjenige, der hier war, einen Schlüssel hat.«

»Oder dass Olaf sich irrt«, warf Wuschel ein, die nach Freddy Ausschau hielt.

»Nein, bestimmt nicht«, widersprach Olaf. »Irgendjemand war hier und hat etwas gesucht.«

»Tja, dann sollten wir uns fragen, ob er es wohl gefunden hat. Oder wird er vielleicht wiederkommen?« Latif blickte nachdenklich zum Fenster. »Und vor allem: Was sucht er?«

»Ich hätte da eine Idee«, meinte Wuschel. »Ich könnte mich heute Nacht auf die Lauer legen und das Haus beobachten. Wenn er zurückkommt – oder *sie* –, werde ich ihn – oder *sie* – vielleicht identifizieren können. Womöglich kann ich sogar herausbekommen, was er sucht und wie er ins Haus kommt!« In ihrem wachsenden Eifer vergaß sie am Ende jedes Mal zu erwähnen, dass natürlich auch eine Frau den Dachboden durchsucht haben könnte. Wuschel war immer sehr für Gleichberechtigung und fand, dass man nicht automatisch annehmen sollte, dass alle Verbrecher nur Männer waren. Latif klopfte ihr auf die Schulter.

»Das wäre wirklich sehr nobel von dir, Wuschel.«

Katharina zog die Nase kraus. Sie hatte sich immer noch nicht vollständig mit ihrem Spitznamen angefreundet.

»Bist du sicher, dass du das hinkriegst?«, erkundigte sich Olaf vorsichtig. »Es ist echt schwer, eine ganze Nacht aufzubleiben, und morgen ist Schule, vergiss das nicht.«

Wuschel warf ihm einen erbosten Blick zu. »Natürlich schaffe ich das. Das ist doch ein Klacks!«

Drei Stunden später ging Katharina müde, schmutzig und total erledigt mit dem ebenfalls eingestaubten Freddy nach Hause.

»Ab in die Wanne«, meinte ihre Mutter, als sie ihre Tochter sah und diese widersprach nicht. Ein warmes Bad erschien ihr unheimlich verlockend. Gähnend saß sie anschließend beim Abendessen und fing an sich zu wundern, wie sie die Nacht ohne Schlaf überstehen sollte. Aber zu kneifen kam überhaupt nicht in Frage. Ganz bestimmt würde sie nicht vor Latif und Olaf zugeben, dass sie es nicht geschafft hatte, wach zu bleiben.

Katharina wünschte ihren Eltern und ihrer kleinen Schwester Sissi eine gute Nacht und erklärte, sie wolle früh zu Bett gehen. In ihrem Zimmer richtete sie alles her, was sie brauchte – eine Flasche Wasser, eine Packung Kekse, die sie aus einem Küchenschrank stibitzt hatte, das Teleskop auf dem Stativ, das sie zu ihrem elften Geburtstag geschenkt bekommen hatte, und einen Stuhl mit einem weichen Kissen. Stuhl und Teleskop baute sie am Fenster auf. Gut, dass ihr Zimmer direkt gegenüber von Frau Jahns Haus lag. Sissis Zimmer lag auf der anderen Seite und auch, wenn sie manchmal fand, dass es das schönere war, hätte sie gerade heute nicht mit ihrer Schwester tauschen wollen.

Katharina sah zum Fenster hinaus, bis es dunkel wurde. Sie hörte, wie Sissi heraufkam, empört polterte und die Türen hinter sich zuschlug, bevor sie sich lautstark die Zähne putzte und in den Schlafanzug schlüpfte. Sie war abends meistens sauer, weil sie unerbittlich ins Bett geschickt wurde, obwohl sie wie ein Baby um weitere fünf Minuten bettelte, die sie aufbleiben wollte. Kurz vor elf kamen ihre Eltern leise die Treppe hoch und zogen sich ins Schlafzimmer zurück, wo sie ein eigenes Badezimmer hatten. Eine Weile hörte Katharina noch die Geräusche des Wassers in den Leitungen, dann kehrte Ruhe ein. Jetzt schliefen bestimmt alle, nur sie nicht.

Bei Frau Jahn brannte Licht im Erdgeschoss, es drang durch die Vorhänge, die sie zugezogen hatte. Katharina wusste, dass es die Küche und das Wohnzimmer waren. Nach Mitternacht ging endlich auch ihre Nachbarin schlafen. Zum tausendsten Mal gähnte Katharina und kniff sich in die Arme, um munterer zu werden. Wenigstens konnte es jetzt nicht mehr lange dauern, redete sie sich gut zu. Doch die Minuten schlichen dahin. Warum kam dieser doofe Einbrecher denn nicht endlich? Wehe, wenn Olaf sich doch geirrt hatte und sie umsonst aufblieb!

Katharina stand auf und ging umher, versuchte es mit einem Handstand, aß Kekse, holte Freddy aus dem Käfig und spielte mit ihm. Vom Wassertrinken musste sie bald aufs Klo und schlich hastig ins Bad und wieder zurück, weil sie Angst hatte, etwas zu verpassen. Das Nachbarhaus lag so unberührt da wie zuvor. Katharina lehnte sich auf dem Stuhl nach hinten. Nur mal kurz die Augen schließen. Natürlich würde sie nicht schlafen, nur eben die Lider ausruhen ... Mit einem Ruck kam sie zu sich. Erschrocken sah sie hinüber. Nein, nichts. Puh, Glück gehabt. Sie hatte auch nicht lang geschlafen, nur wenige Minuten. Das durfte ihr nicht noch einmal passieren!

All ihr guter Wille half nicht viel – sie nickte immer wieder ein und jedes Mal fuhr sie mit Herzrasen auf und befürchtete, sie hätte alles versäumt. Irgendwann war Katharina dann so weit, das Vorhaben aufzugeben und sich ins Bett zu legen. Wahrscheinlich kam der Unbekannte in dieser Nacht gar nicht. Bestimmt hatte er doch schon gefunden, was er gesucht hatte, und sie saß unnötig hier herum und versuchte, wach zu bleiben. Sie sollte vernünftig sein und schlafen. Also aß sie einen letzten Keks, gab Freddy eine Ecke davon ab und drückte die Packung zu, gähnte herzhaft und streckte ihre vom Muskelkater steifen, schmerzenden Glieder. Gerade als sie aufstehen wollte, bemerkte sie einen flackernden Lichtschein vor Frau Jahns Haustür.

Mit einem Schlag war ihre Müdigkeit wie weggeblasen und Katharina drückte ihr Auge an das Teleskop. Sie suchte nach der Schattengestalt, fand sie, stellte das Bild scharf und sah angestrengt ins Dunkle, um herauszufinden, wer dort drüben war und wie er die Tür öffnete. Dummerweise konnte sie nicht viel erkennen, nur graue Schemen, wo das fahle Licht der Straßenbeleuchtung hinfiel, und ein wenig mehr an den Stellen, wo die Taschenlampe des Unbekannten ihren Lichtkegel warf. Katharina biss sich auf die Lippe. Wenn sie sich nicht täuschte, steckte der Einbrecher etwas in das Schloss der Haustür. Was benutzte er? War es ein Dietrich? Ein Schlüssel? Jetzt drehte er die Hand ...

»Was machst du da?«, fragte eine Stimme neben ihrem Ohr. Katharina fiel beinahe vom Stuhl, so sehr erschrak sie sich. Sie stupste sich durch die heftige Bewegung das Teleskop ins Auge und unterdrückte einen Schmerzensschrei. Sissi stand vor ihr und musterte sie neugierig.

»Wieso bist du nicht im Bett? Du solltest längst schlafen!«, wisperte Katharina verärgert.

»Das gilt für dich genauso. Also, was machst du mit dem Teleskop?«

»Kannst du nicht leiser sprechen? Ich will nicht, dass Mama und Papa aufwachen!« Sie atmete tief durch. »Ich schau mir die Sterne an.«

»Oh, lass mich auch mal!« Sissi hüpfte begeistert auf und ab, ihr heller Schlafanzug leuchtete im dunklen Zimmer. Katharina wollte auf keinen Fall, dass Sissi blieb, und schon gar nicht, dass sie das flackernde Licht vor dem Nachbarhaus entdeckte.

»Morgen wäre es besser. Heute sieht man kaum etwas, es sind zu viele Wolken am Himmel. Geh lieber wieder ins Bett, morgen ist Schule.«

»Snickers macht so einen Lärm. Er hat mich aufgeweckt.« Sissis Hamster wurde, wie alle nachtaktiven Tiere, erst abends richtig munter und machte nachts begeistert Gebrauch von seinem Laufrad.

»Und wieso kommst du dann in mein Zimmer?«

»Das mach ich immer, wenn ich wach werde. Ich sehe nach, was du tust. Aber sonst schläfst du meistens.«

»Du schleichst dich jedes Mal in mein Zimmer?« Katharina hob entsetzt die Stimme, bemerkte, was sie tat, und schimpfte leise weiter. »Du hast wohl einen Knall. Lass das in Zukunft gefälligst, sonst kannst du was erleben. Und jetzt geh endlich!«

»Ich will aber die Sterne sehen.«

»Morgen. Husch!«

Sissi blieb unschlüssig stehen. Katharinas Verzweiflung wuchs. Wie wurde sie ihre Schwester nur los? Sie verpasste ja alles, was bei Frau Jahn vor sich ging!

»Du kannst die Kekse mitnehmen und in der nächsten klaren Nacht schauen wir zusammen nach den Sternen, ich versprech's.«

Sissi nahm die Schachtel an sich. »Aber wenn nicht, sag ich es Mama.«

Sie trollte sich zur Tür, die sie von draußen fast unhörbar schloss. Katharina wandte sich seufzend dem Nachbarhaus zu. Wie sie es sich gedacht hatte, wanderte der Lichtkegel der Taschenlampe bereits auf dem Dachboden umher. Nun konnte sie nicht mehr herausbekommen, ob der Eindringling mit einem Schlüssel oder vielleicht sogar einem Spezialwerkzeug die Haustür geöffnet hatte. Wofür waren kleine Schwestern noch mal gut? Katharina gähnte und machte es sich wieder auf dem Stuhl bequem. Freddy kletterte auf ihre Schulter und knabberte an ihren Haaren.

Auf dem Dachboden von Frau Jahn flackerte immer wieder das Licht durch die Fenster. Katharina strengte sich sehr an und starrte lange durch ihr Teleskop, ohne jedoch etwas Eindeutiges erkennen zu können. Sicher, dort drüben beschäftigte sich jemand mit dem Durchsuchen der Dinge, wie sie es sich gedacht hatten, aber sie konnte unmöglich sagen, wie er aussah. Das Licht blieb unauffällig genug, um von der Straße aus nicht entdeckt zu werden, und der Eindringling ließ sich Zeit. Katharina sah auf die Uhr. Schon fast zwei und immer noch war kein Ende abzusehen. Sie dachte an die Schule und ihr graute es vor dem Unterricht. Wenn sie jetzt ins Bett ginge, konnte sie immerhin noch viereinhalb Stunden schlafen. Aber sollte sie wirklich aufgeben? Es bestand immerhin die Möglichkeit, dass sie die Gestalt besser sehen konnte, wenn sie das Haus verließ und auf die Straße ging. Dort standen Laternen, die sie beleuchten würden.

Nach weiteren zehn Minuten gab Wuschel klein bei. Sie konnte einfach nicht mehr. Wenn Olaf oder Latif unzufrieden waren, konnten sie gern herkommen und sich selbst die Nacht um die Ohren schlagen. Stolpernd räumte sie das Teleskop in eine Ecke, um keinen Verdacht zu erregen, falls am Morgen ihre Eltern ins Zimmer schauten, und setzte Freddy in seinen Käfig. Mit einem tiefen Seufzer ließ sie sich auf ihr Bett plumpsen und war gleich darauf in Träume von einem Riesenhamster, einem Mann in einer Mönchskutte und einem seltsamen Haus ohne Dach und Keller versunken.

**FRAGE:** *Wie heißt das Gerät, mit dem Wuschel das Nachbarhaus beobachtet?*

Du brauchst den 7. Buchstaben.

Kapitel 3

# Wer sucht was, und vor allem – warum?

Katharina wirkte schlecht gelaunt, als Olaf und Latif sie in der Pause an ihrem üblichen Treffpunkt im Schulhof vorfanden. Sie sah ihnen entgegen, ohne eine Miene zu verziehen, während sie auf sie zugingen. Sie trug wieder ihre dunkle Sonnenbrille, durch die ihre Augen bestenfalls zu erahnen waren. Ein lang gezogenes Gähnen ersetzte ihr übliches »Hallo«.

»Lange Nacht gehabt?«, grinste Latif sie frech an. Wuschel funkelte böse zurück.

»Was glaubst du wohl! Aber es hat sich gelohnt. Der Einbrecher kam tatsächlich und hat sich lange auf dem Dachboden von Frau Jahn herumgetrieben. Viel sehen konnte ich allerdings nicht.«

»War es ein Mann oder eine Frau?«, erkundigte sich Olaf gespannt. Wuschel zuckte mit den Schultern.

»Also, das Einzige, was ich sagen kann, ist, dass ich das Gefühl hatte, es wäre ein Mann, als er vor der Haustür stand. Aber bevor ich mehr beobachten konnte, kam Sissi zu mir ins Zimmer.« Wuschel klang wütend. »Sie hat mich so lange aufgehalten, dass das Beste vorbei war, als ich wieder hinsehen konnte.«

»Wenn wir heute ebenfalls keine Einbruchsspuren entdecken, können wir sicher sein, dass er einen Schlüssel hat«, sagte Latif. Olaf nickte, Wuschel gähnte.

»Und vielleicht können wir heute herausfinden, wonach er sucht«, fügte Olaf hinzu. »Wir müssen nur genau untersuchen, an welcher Stelle er wie gesucht hat.«

»Ich kann mir nicht vorstellen, dass wir das herausbekommen«, widersprach Wuschel und gähnte noch einmal. »Wir haben jetzt gleich Geschichte und das ist sowieso immer so langweilig. Wie soll ich das nur überstehen? Und danach noch zwei Stunden.« Sie ließ die Schultern hängen. »Und danach kann ich nicht schlafen, weil wir wieder zu Frau Jahn müssen.«

»Du kannst dich ja dort ausruhen«, schlug Olaf vor. »Du hast die Nachtschicht gemacht und wir übernehmen sozusagen die Tagschicht.«

»Ja, ich glaube, das wäre nur fair«, stimmte Wuschel zu. »Wir sehen uns später.« Müde schlurfte sie Richtung Gebäude davon. Bestimmt wollte sie sich ins Klassenzimmer schleichen und den Kopf auf den Tisch legen.

Wuschel hatte sich in einem Sessel zusammengerollt und schlief, während Latif und Olaf Frau Jahns Dachboden nach Hinweisen absuchten. Sie hatten bereits unten festgestellt, dass es wieder keine Einbruchsspuren gab. Der Verdacht, dass es jemand sein musste, der die alte Dame gut genug kannte, um einen Schlüssel zu besitzen, erhärtete sich immer mehr. Einer von ihnen musste unbedingt mit ihrer Auftraggeberin sprechen.

»Sieht es nicht ganz so aus, als würde unser Unbekannter sich sehr für die Bücher interessieren?«, meinte Olaf, während Latif eine der Schubladen durchsuchte.

»Schwer zu sagen, sie sind eh nicht gut geordnet«, erwiderte Latif.

»Zu dumm. Ich glaube, im Grunde hat er überall gesucht, auch wenn es keine Beweise dafür gibt. Wuschel hat gesagt, dass er sehr lange hier war. Wir sollten sie aufwecken. Sie kann versuchen, noch mehr aus Frau Jahn herauszukitzeln, damit wir weiterkommen.«

Katharina stolperte auf der letzten Stufe und fiel beinahe hin. Sie riss die Augen auf und hoffte, damit ihre Müdigkeit zu vertreiben, aber es funktionierte nicht. Hatten die beiden ihr nicht versprochen, dass sie schlafen könnte? Und nun sollte sie sich mit Frau Jahn unterhalten und sie über ihre Familie ausquetschen. Dabei kam sie sich gerade vor wie eine Schlafwandlerin.

Frau Jahn saß in der Küche und trank eine Tasse Kaffee. Sie und ihre Strickjacke schienen unzertrennlich, denn sie trug sie schon wieder. Ihr Gesicht hellte sich auf, als sie Katharina erkannte. »Ach, da bist du ja. Möchtest du ein Glas Limonade?«

»Ja, gern«, sagte Wuschel. »Es ist warm da oben.« Aber längst nicht so warm wie in der Küche, was sie jedoch nicht laut sagte, um nicht unhöflich zu wirken. Das Getränk war zu süß, aber wunderbar kalt. Sie setzte sich zu der alten Frau an den Tisch. »Was ich Sie fragen wollte …«, fing Wuschel an. »Sie haben doch sicher eine große Familie?« Sie wusste, dass ihre Nachbarin Kinder, Enkel und Urenkel hatte, hörte allerdings nie richtig zu, wenn ihre Eltern darüber redeten.

»Nun ja, was heißt groß«, begann Frau Jahn. »Wir haben drei Kinder – Tobias, Sarah und Fritz. Tobias ist schon ein paar Jahre tot, er ist nur siebzig geworden. Er war unser Ältester und hatte keine eigene Familie. Er war nie so fürs Heiraten wie die anderen, wollte lieber seine Freiheit behalten. Theodor hat oft auf ihn eingeredet, aber es hat nichts genützt.«

»Und die anderen?«

»Sarah hat drei Kinder und vier Enkel, ich sehe sie nur nicht allzu oft. Sie und ihr Mann sind nach Spanien ausgewandert, als Torsten geboren war. Ach, das war eine traurige Zeit …« Frau Jahn verlor sich in Erinnerungen und Wuschel langsam den Faden. Wie sollte sie sich das alles merken? »… und dann ist Silvia zu ihrem Verlobten nach Kanada gezogen.«

»Wer ist Silvia?«

»Meine Enkelin, eine Tochter von Fritz. Das war hart, besonders für ihre Eltern, aber für mich auch. Theodor hatte mich schon verlassen und ich wollte meine Lieben so gern immer um mich haben.«

Katharina überlegte angestrengt, ob es bereits einen Ansatzpunkt für ihre Ermittlungen gab, aber sie war so müde, dass sie sich kaum konzentrieren konnte. Einfach das Gespräch am Laufen halten, dachte sie. »Haben Sie zufällig einen Stammbaum? Das würde mich interessieren.« Sie klammerte sich an Strohhalme. Zu ihrer Überraschung erklärte Frau Jahn, dass sie tatsächlich einen habe. Ihr Urenkel hätte im letzten Jahr einen als Hausaufgabe für die Schule angefertigt. Sie erhob sich mühsam und schob ihren Rollator aus der Küche. Sie blieb lange verschwunden und Wuschel hörte nur ab und zu Geräusche aus einem anderen Zimmer herüberdringen. Dabei bekam sie ein schlechtes Gewissen, weil sie der alten Frau solche Arbeit machte. Als es immer länger dauerte, döste sie eine Weile vor sich hin, doch schließlich kam Frau Jahn zurück und legte ihr einen großen Plan vor, bestehend aus lauter Kästchen mit Namen, die zusammen die Form eines Baumes bildeten. »Ich dachte, ich hätte ihn zu den Fotoalben gelegt, aber er war

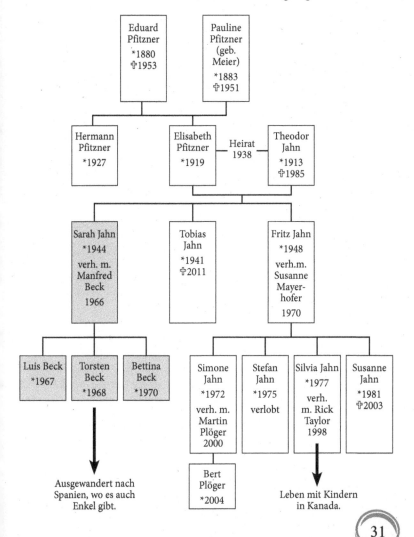

bei den Unterlagen im Schlafzimmer. Bert hat ihn ganz allein gemacht. Er ist wirklich gut geworden. Er hat eine Eins dafür bekommen.« Sie deutete auf dem Papier auf ein Kästchen ganz unten. »Da ist Bert. Er ist jetzt elf und geht in die Humboldt-Schule.«

»Wirklich? Da gehe ich auch hin«, rief Katharina erstaunt aus. »Vielleicht kenne ich ihn sogar vom Sehen. Er müsste eine Klasse unter mir sein.«

»Ist ein ganz Lieber, der Bert, er besucht mich oft. Dass ihr euch noch nicht getroffen habt …« Frau Jahn lächelte versonnen, während sie ihren Stammbaum studierte. Katharina beschloss, noch einen Vorstoß zu wagen.

»Was sagt Ihre Familie eigentlich dazu, dass Sie den Dachboden aufräumen lassen?«

»Ach, ich glaube, das ist denen ganz recht. Als Bettina letztes Mal hier war, hat sie eine entsprechende Bemerkung gemacht.«

»Also wissen alle, dass wir hier bei Ihnen arbeiten?«

Frau Jahn sah sie ratlos an. »Alle? Nun, alle wohl nicht, aber einigen habe ich es gesagt. Ich weiß nicht mehr genau, wem. Die, mit denen ich kürzlich gesprochen habe, werden es wohl wissen.«

»Prima.« Katharina sprang auf. »Darf ich mir den Stammbaum ausleihen? Ich möchte ihn meinen Freunden zeigen.«

»Den Stammbaum?« Die alte Dame wirkte verwundert. »Ist das nicht langweilig für euch?«

»Aber nein, überhaupt nicht!«, versicherte Katharina.

»Ja, gut, meinetwegen, aber lasst ihn bitte im Haus. Ich möchte nicht, dass er verschwindet.«

»Nein, nein, ich bringe ihn nachher wieder herunter, wenn wir gehen.« Katharina schnappte sich den Stammbaum, faltete ihn sorgfältig zusammen und verließ hastig die Küche. Die Hitze hatte sie nur noch schläfriger gemacht.

Auf dem Dachboden beugten sich die drei Detektive gemeinsam über den Familienbaum von Frau Jahn.

»Die Frau ist 95!«, rief Latif erstaunt. »Nicht mehr lange und sie wird hundert!«

»Wie das wohl ist, wenn man so alt ist?«, wunderte sich Wuschel. »Sie hat ja Glück und ist noch ganz munter und auch gar nicht verwirrt.«

»Okay, können wir uns jetzt hierauf konzentrieren?«, ermahnte Olaf. »Es ist schon spät und wir müssen bald los. Ich würde gern noch besprechen, was wir als Nächstes unternehmen wollen.«

»Ist doch klar«, meinte Wuschel. »Wir suchen Bert, den Urenkel, und freunden uns mit ihm an. Bestimmt erfahren wir so mehr über die ganze Familie. Er hat immerhin diesen Stammbaum angefertigt, also muss er sich damit beschäftigt haben.«

»Aber ob er uns sagen kann, wer hier nachts herumschnüffelt«, zweifelte Latif mit hochgezogenen Augenbrauen.

»Bestimmt kann er uns helfen«, entgegnete Wuschel so zuversichtlich lächelnd, als wäre sie nicht ganz bei sich. Olaf teilte Latifs Bedenken, doch sagte nichts dazu. Wuschel war zu müde für eine vernünftige Diskussion. Waren sie etwa unvermutet in eine neue Kriminalermittlung geraten? Bisher wussten sie nur, dass jemand aus Frau Jahns Familie nachts den Dachboden durchsuchte. War er eine Bedrohung für die alte Frau? Oder womöglich für sie selbst? »Es ist ganz bestimmt kein Zufall, dass der Unbekannte gerade jetzt hier herumschnüffelt, wo wir den Dachboden aufräumen«, murmelte er.

Latif stimmte ihm zu. »Nein, er muss davon erfahren haben und möchte verhindern, dass wir das unbekannte Objekt vor ihm finden. Was wiederum eindeutig auf jemanden aus der Familie hinweist.«

»Ich werde das Tagebuch entziffern«, verkündete Olaf entschlossen. »Die Handschrift ist unheimlich schwierig zu lesen, aber irgendwie werde ich es schaffen. Vielleicht erfahre ich darin etwas Neues.«

»Gut, und ich nehme mir die Uniform vor«, stimmte Latif zu. »Ich habe so ein Gefühl, dass sie wichtig sein könnte. Schließlich war das Tagebuch darin eingewickelt.«

»Stimmt.« Olaf holte ein Blatt und einen Bleistift aus seiner Tasche. »Ich werde den Stammbaum abzeichnen. Wir werden ihn vielleicht noch brauchen.«

F R A G E : *In welche Schule gehen Bert und die Detektive?*

 Du brauchst den 6. Buchstaben.

Kapitel 4

# Bert und eine böse Überraschung für Olaf

Bei ihrem üblichen Pausenplausch auf dem Schulhof wirkte Wuschel zwar weniger müde als am Vortag, aber immer noch schlecht gelaunt.

»Sissi kam doch tatsächlich letzte Nacht wieder in mein Zimmer, um sich die Sterne anzusehen. Ich hatte gehofft, sie vergisst es, aber eigentlich müsste ich meine Schwester ja besser kennen.« Sie seufzte leidgeplagt. »Ich habe nichts davon mitbekommen, ich habe geschlafen wie eine Tote. Heute Morgen hat sie mir erzählt, dass sie es nicht geschafft hätte, mich wach zu kriegen, und nun ist sie der Meinung, ich schulde ihr etwas, weil ich mein Wort nicht gehalten habe. Sie droht immerzu damit, mich bei unseren Eltern zu verpetzen. Das fehlt noch! Ich will ganz bestimmt nicht, dass meine Eltern von meiner nächtlichen Überwachung erfahren!« Sie verschränkte die Arme vor der Brust und lehnte sich an den Baumstamm. »Ihr könnt echt froh sein, dass ihr keine kleinen Schwestern habt.«

»Na ja, ich habe einen älteren Bruder und das ist auch nicht immer das reinste Vergnügen«, warf Latif ein.

»Ich weiß nicht«, widersprach Wuschel, »der lässt dich eher in Ruhe als jüngere Geschwister. Die kleben einem ständig am Rockzipfel und wollen überall mit hingenommen werden. Und erpressen einen mit ihrem Wissen, um ihren Willen durchzusetzen. Und ...«

»Wir sollten Bert ausfindig machen«, unterbrach Olaf ihren Redeschwall. Schließlich durften sie ihr Ziel nicht aus den Augen verlieren. »Ihr kennt die Schüler besser als ich. Habt ihr eine Vermutung, wer es sein könnte?« Er war schließlich erst nach den Sommerferien in die Schule gekommen und kannte außer den Jugendlichen in seiner eigenen Klasse nur Katharina, die in die Parallelklasse ging.

»Ich habe ein Foto von ihm gesehen«, antwortete Wuschel. »Als ich mit Frau Jahn in der Küche saß und sie von ihm redete, deutete sie auf ein Foto über der Sitzbank. Er hat rötliches Haar und Sommersprossen und seine Ohren stehen ein bisschen ab. Außerdem trug er auf dem Bild eine Brille mit einem blauen Metallrahmen.«

Die drei Detektive sahen sich um und betrachteten die Masse an Kindern und Jugendlichen, die überall standen, umhergingen oder spielten. Es war ein großes Durcheinander. Dauernd geriet jemand ins Blickfeld, der vorher verdeckt war, oder jemand verschwand hinter anderen Menschen. Einer der Aufsicht führenden Lehrer schlenderte herbei und stand unnötig lange direkt vor ihnen herum, womit er ihnen die Sicht versperrte. Olaf fragte sich gerade, ob sie Bert noch an diesem Tag entdecken würden oder bis zum Montag warten mussten, als Latif eine Hand hob und mit dem Finger nach rechts deutete.

»Schaut mal, da hinten, der Junge in der Ecke, links vom Eingang und direkt neben der Turnhalle. Das könnte er sein.«

Tatsächlich, da stand ganz allein ein rothaariger, schmächtiger und schüchtern wirkender Junge, der eine blaue Brille trug. Er sah nicht hoch, sondern widmete all seine Aufmerksamkeit einem Pausenbrot, an dem er langsam knabberte.

»Oh ja, er sieht genauso aus wie auf dem Foto«, stimmte Wuschel zu. Sie traten den Weg zu dem Jungen an. Viel Zeit blieb nicht mehr, bis die Pause zu Ende war.

»Hi«, begrüßte ihn Latif freundlich, als sie ihn erreicht hatten. »Bist du Bert?«

Der rothaarige Junge blickte erschrocken auf und musterte ihn mit aufgerissenen Augen. »Äh, ja …?« Es klang beinahe, als sei er sich nicht sicher.

»Ich bin Latif, und das sind Katharina und Olaf.« Latif deutete auf seine Freunde und Wuschel grinste zufrieden, weil er ihren richtigen Namen genannt hatte. »Wir räumen gerade bei deiner

Urgroßmutter den Dachboden auf, vielleicht hast du ja davon gehört.«

Bert starrte ihn mit offenem Mund fassungslos an. Das halb zerkaute Brot war widerlich gut zu erkennen.

»Bei Frau Jahn«, fügte Wuschel mit einem Stirnrunzeln hinzu. »Die kennst du doch?« Bert nickte. »Sie hat uns von dir erzählt und da wollten wir dich gern kennenlernen.«

»Echt? Warum?« Bert kaute endlich seinen Bissen zu Ende und schluckte ihn hinunter.

»Nur so.« Olaf fiel keine aufregende Erklärung ein, außerdem war es ohnehin besser, sich an die Wahrheit zu halten. »Sie hat uns den Stammbaum gezeigt, den du gemacht hast.«

»Aha.« Bert schien wahrlich keine Plaudertasche zu sein. Wie sollten sie sich mit ihm anfreunden, wenn er ihnen nicht ein bisschen entgegenkam?

»Na, Plärr-Bertie, hast du ein paar Babysitter gefunden?«, grölte urplötzlich eine Stimme in der Nähe. Zwei Jungs hatten sich unbemerkt genähert. Sie waren größer als der kleine Bert. Dieser senkte den Kopf und antwortete nicht.

»Hat es dir die Stimme verschlagen, Heulsuse?« Der andere Junge klang mindestens ebenso gemein wie der erste. Die beiden standen herausfordernd grinsend da und warteten auf eine Reaktion ihres Opfers.

»Verzieht euch«, sagte Latif ruhig, doch er sah so aus, als ob er auch anders könnte. Wuschel fixierte die beiden Störenfriede drohend und ballte bereits die Fäuste. Olaf wusste nicht, was er tun sollte. Er fühlte sich weder bereit für eine verbale Auseinandersetzung noch für eine Rauferei. Die beiden Jungs überlegten kurz und gaben dann klein bei. Offenbar schien es ihnen klüger, sich nicht mit drei – oder vier – Gegnern gleichzeitig anzulegen, von denen die meisten älter und größer als sie selbst waren. Sie verschwanden im Getümmel.

»Sind die aus deiner Klasse?«, erkundigte sich Latif, und Bert nickte. Seine Ohren leuchteten hellrot. »Wenn sie dich noch mal belästigen, sag mir Bescheid.« Bert sah endlich hoch und heftete seinen erstaunten Blick auf Latif.

»Ehrlich?«

»Natürlich. Ich halte gar nichts davon, wenn Leute auf Schwächeren herumhacken. Wir werden dir von jetzt an beistehen. Außerdem habe ich noch einen älteren Bruder, der auch hier auf der Schule ist, und wir haben beide eine Menge Freunde. Die sollen es nur versuchen.«

Olaf atmete tief durch. Es war doch eine gute Sache, nicht allein zu sein. Das fand offenbar auch Bert nach diesem Erlebnis, denn er fing an zu grinsen.

»Okay, danke. Vielleicht wollt ihr die alten Familienbücher und Fotos sehen, mit denen ich den Stammbaum erstellt habe? Ich hab das alles noch zu Hause in meinem Zimmer.«

»Klar, das wäre super«, schwärmte Wuschel, doch Olaf war sich keineswegs sicher, ob sie es ganz aufrichtig meinte. Natürlich bot sich hier genau die Gelegenheit, auf die sie gehofft hatten.

»Wie wäre es morgen?«, fragte Bert.

»Hmmm …«, überlegte Wuschel.

»Wollten wir morgen nicht den ganzen Tag bei Frau Jahn arbeiten?«, warf Latif ein.

»Also, ich kann vormittags nicht, da habe ich Reitstunde«, erwiderte Wuschel.

»Am Sonntag?«, schlug Bert vor.

»Nee, da kann ich nicht«, sagte Latif. »Morgen wäre besser. Wie wäre es, wenn wir uns mittags bei Frau Jahn treffen, ein paar Stunden bei ihr arbeiten und am späten Nachmittag zu dir kommen? Ginge das? Sagen wir, von halb fünf bis halb sieben? Spätestens dann muss ich zum Abendessen nach Hause.«

Bert war einverstanden, genau wie Olaf und Wuschel. Das Ende der Pause wurde von einem durchdringenden Läuten angekündigt. Sie ließen sich noch schnell Berts Adresse geben, ehe sie hineingingen. Katharina trennte sich drinnen von ihnen, da ihr Klassenraum woanders lag. Als Olaf und Latif ihren Raum betraten, bemerkte

Olaf, dass jemand an seinem Platz stand. Derjenige beugte sich über seinen Tisch und schien sich an seinem Heft zu schaffen zu machen.

»He«, rief Olaf durch den Raum. Die Fremde – ein Mädchen – fuhr hoch, entdeckte ihn und ergriff sofort die Flucht. Er hatte sie noch nie gesehen. Olaf eilte zur Tür und sah hinaus. Das Mädchen befand sich schon am Ende des Flurs und rannte um die Ecke. Olaf dachte nicht lange nach und stürmte hinterher. An der Ecke hörte er sie die Treppe hinunterspringen. Er lief, so schnell er konnte, obwohl er wusste, dass er sie kaum einholen würde. Sie hatte einen zu großen Vorsprung und zudem war er kein guter Läufer. Er hätte Latif auf sie ansetzen sollen. Er kämpfte sich zwischen den letzten Schülern hindurch, die auf dem Weg nach oben waren, ehe der Unterricht weiterging. Er sah die große Eingangstür zugehen und stürzte ebenfalls hinaus. Doch draußen herrschte gähnende Leere. Wo immer das Mädchen hingelaufen war oder wo sie sich auch versteckt haben mochte – sie war ihm entkommen.

Das zweite Läuten verkündete den Unterrichtsbeginn. Jetzt aber schnell an seinen Platz. Schwer atmend hastete Olaf nach oben und in sein Klassenzimmer, gerade noch rechtzeitig, ehe der Lehrer hereinkam. Eine Weile tat er nichts, als nach Luft zu schnappen und sich den Kopf über die Unbekannte zu zerbrechen. Was konnte sie hier gewollt haben? Als Olaf sich ein paar Minuten später Notizen zum Lehrstoff machen musste, blätterte er die Heftseite um. Und da entdeckte er plötzlich einen Zettel, der ihm nicht gehörte. Es handelte sich um ein herausgerissenes Blatt aus einem DIN-A5-Heft, liniert, der Rand auf einer Seite stark ausgefranst. Die Zeilen der Nachricht wiesen Schmierspuren auf. Der Kugelschreiber, mit dem sie notiert worden waren, trug offensichtlich nicht dazu bei, dass der Verfasser schöner oder richtiger schrieb. Die ungelenken, krakeligen Buchstaben erweckten den Eindruck, als seien sie eilig und schluderig hingeworfen worden. Die Botschaft lautete:

*Haltett euch fehrn fon Bert!!! Sonnst ...!!!*

Olaf unterdrückte das Keuchen, das ihm über die Lippen kommen wollte. Nur keine Aufmerksamkeit erregen! Es fiel ihm schwer, denn schließlich hatte er den ersten anonymen Brief seines Lebens vor sich. Zu gern hätte er ihn sofort Latif gezeigt, doch der saß zu weit weg. So blieb ihm nichts anderes übrig, als das Blatt in seiner Tasche zu verstauen und bebend und nervös auf die nächste Pause zu warten.

Latif studierte die Nachricht mit ernstem Gesicht. »Das ist übel«, meinte er schließlich. »Glaubst du, dahinter stecken diese zwei Typen von vorhin?«

»Keine Ahnung. Hingelegt hat ihn ein Mädchen, aber es wäre möglich, dass sie alle unter einer Decke stecken.«

»Wie hat sie ausgesehen? Hast du sie gekannt?«

»Nein, ich hab sie noch nie gesehen. Sie hatte blonde, lange Haare und war etwa so groß wie ich. Mehr hab ich nicht erkennen können. Ach so, doch, warte, sie trug eine hellgraue Jeans, beige Turnschuhe und ein braunes T-Shirt ohne Ärmel.«

»Wir müssen herausfinden, ob sie zu unserer Schule gehört.«

»Vielleicht kennt Wuschel sie?« Olaf hörte selbst den zweifelnden Unterton in seiner Stimme. »Aber wir sehen sie erst heute Nachmittag wieder, bei Frau Jahn. Morgen ist Samstag, ich kann also erst in drei Tagen Ausschau nach dem Mädchen halten.«

»Wir gehen doch trotzdem zu Bert, oder?«, fragte Latif.

»Natürlich. Ich lasse mir von so einem blöden Brief doch nicht vorschreiben, mit wem ich sprechen darf.« Ganz so entschieden, wie er versuchte zu klingen, fühlte sich Olaf allerdings nicht. Der Brief machte ihm Angst, auch wenn er das vor Latif nicht zugeben wollte. Wie gemein musste jemand sein, um etwas Derartiges zu schreiben, andere zu bedrohen und sie zum Fürchten bringen zu wollen? Und wie musste das erst für den armen Bert sein? Offenbar war er nicht nur das Ziel von Hänseleien, sondern von noch Schlimmerem. Kein Wunder, dass er so verschüchtert reagiert hatte.

Olaf ging zu seinem Platz zurück und setzte sich. In solchen Situationen fiel ihm eigentlich nur eines ein, das sinnvoll war und das er sofort tun konnte: beten. Er faltete unter dem Tisch die Hände, weil ihm das half, sich zu konzentrieren. Dann lehnte er sich nach vorn – so fiel es nicht auf, dass er die Augen schloss. Er erzählte Gott von dem Brief und von Bert und bat ihn, sie alle zu beschützen und ihnen zu helfen, den Verfasser zu finden und unschädlich zu machen. Erleichtert beendete er die stille Zwiesprache. Das hatte gut getan. Ihm war schon zuversichtlicher zumute.

Dass mit Frau Jahn etwas nicht stimmte, erkannte Olaf auf den ersten Blick, gleich, als sie am Nachmittag die Tür öffnete und ihnen unsicher entgegensah. Er stand mit Wuschel, Freddy und Latif vor ihrem Haus und wartete nach dem Klingeln darauf, dass sie sich mit dem Rollator durch den langen Flur bewegte und sie begrüßte. Sonst machte sie einen erfreuten Eindruck und lächelte sie an, aber heute wirkte sie bedrückt, ja, besorgt. Sie ließ ihre Augen unstet umherwandern.

»Ach, ihr seid es.« Es klang ganz und gar so, als hätte sie jeden anderen Menschen lieber vor ihrer Tür angetroffen. »Waren wir für heute verabredet?«

»Sicher, Frau Jahn, wir sind bald fertig. Heute noch zwei Stunden und morgen ein paar, dann ist alles erledigt«, erklärte Wuschel und machte einen Schritt nach vorn, um einzutreten. Frau Jahn bewegte sich keinen Millimeter, sondern blockierte den Weg. Wuschel hielt zögernd inne. »Je eher wir anfangen, desto besser«, fügte sie hinzu.

Frau Jahn fingerte zittrig an ihren Rollatorgriffen herum. Olaf begann sich zu sorgen, dass sie womöglich krank war. Oder – noch schlimmer – hatte sie über Nacht vergessen, dass der Detektivclub ihren Dachboden aufräumte? Vielleicht war sie doch nicht mehr ganz so fit im Kopf, wie sie bisher gedacht hatten. Wie war das mit dem Verkalken – konnte das auch plötzlich auftreten?

Die drei sahen sich ratlos an. Frau Jahn stand stumm vor ihnen und ruckte mit dem kleinen, altersrunzligen Kopf. Sie erinnerte ihn dadurch irgendwie an eine Eidechse. Olaf bekam immer mehr den Eindruck, dass sie sich unauffällig umsah. Sie schien sich beobachtet zu fühlen. Er ließ seine Blicke schweifen, konnte jedoch nichts

Merkwürdiges entdecken, jedenfalls nichts außer Frau Jahn. »Was ist los?«, fragte er schließlich. »Haben Sie Probleme? Ist etwas passiert?«

Die alte Dame sah ihn mit schreckgeweiteten Augen an. »Aber nein, was soll denn passiert sein? Es ist so, Kinder, eure Arbeit ist beendet. Es gibt nichts mehr zu tun. Ihr seid also ganz umsonst gekommen. Das tut mir leid, ich hätte es euch gestern schon sagen sollen, oder deine Mutter anrufen.« Das sagte sie zu Wuschel gewandt. »Euer Geld bekommt ihr selbstverständlich trotzdem, in voller Höhe, wie vorher vereinbart.« Sie drückte Katharina einen weißen, unbeschrifteten Briefumschlag in die Hand. »Vielen Dank für eure Hilfe. Auf Wiedersehen.« Sie rollte mit ihrer Gehhilfe ein paar Schritte nach hinten und schloss die Haustür leise, aber nachdrücklich.

Latif und Wuschel waren ebenso fassungslos wie Olaf.

»Was war das denn?«, schnaubte Wuschel. »Hat sie uns eben tatsächlich gekündigt?«

»Sieht ganz so aus«, murmelte Latif. Olaf schüttelte nur verblüfft den Kopf.

**FRAGE:** *Was findet Olaf in seinem Heft?*
*Einen anonymen _ _ _ _ _.*

Du brauchst den letzten Buchstaben.

Kapitel 5

# Ein neuer Fall für W.O.L.F.

»Da stimmt doch was nicht«, stellte Olaf fest, als sie langsam die Einfahrt entlanggingen, um den kleinen Berg von kaputten Möbeln und Haushaltsdingen herum, den sie in den vergangenen Tagen aufgehäuft hatten. »Ist euch nicht aufgefallen, dass sich Frau Jahn seltsam benommen hat? Völlig anders als sonst.«

»Doch, ich habe es auch bemerkt, aber ich dachte erst, sie braucht eine Pause von dem Trubel und möchte, dass wir nächste Woche wiederkommen«, stimmte Latif zu. »Damit, dass sie uns rauswirft, habe ich überhaupt nicht gerechnet.«

Wuschel blieb stehen. »Leute, wartet mal. Wir können nicht einfach weggehen und aufgeben. Wir sind hier einer Sache auf der Spur und es gefällt mir nicht, dass wir Frau Jahn einfach mit dem unfertigen Dachboden sitzen lassen.«

»Sie will es doch so«, widersprach Olaf.

»Sie sagt es zwar, aber stimmt es auch?«, entgegnete Wuschel geheimnisvoll. »Wir wissen nicht, was sie zu dieser Entscheidung getrieben hat. Ich hätte gern eine Erklärung. Immerhin haben wir schon so viel Arbeit in diesen Trödelkram gesteckt.«

»Okay, wir reden noch mal mit ihr«, sagte Olaf.

Die drei machten kehrt und Olaf, der hinter Wuschel ging, bemerkte, wie Freddy seine Nasenspitze aus ihrem Ärmel streckte. Unglaublich, dass Katharina das Tier praktisch überall mit hinschleppte. Meistens ging es gut, aber manchmal brachte es ihr auch Ärger ein, zum Beispiel, wenn die Ratte in der Schule entdeckt wurde. Dann gab es Hausarrest für sie. Im Museum war Freddy sogar weggelaufen, aber letztendlich hatte er sogar geholfen, das Geheimnis des goldenen Todesreiters zu lüften. Freddy war ein Teil ihres Detektivclubs, deshalb war sein Anfangsbuchstabe F auch in ihren Namen W.O.L.F. gewandert.

Katharina drückte entschlossen den Klingelknopf und wieder warteten sie, bis Frau Jahn den langen Weg durchs Haus hinter sich gebracht hatte und öffnete. Ihre Augenbrauen wanderten nach oben, als sie sah, wer vor ihr stand.

»Ihr schon wieder«, meinte sie leise. Täuschte Olaf sich oder bekam sie Tränen in die Augen? Aber warum sollte sie wegen ihnen weinen? Hatten sie unabsichtlich etwas kaputt gemacht? War das der Grund, warum sie nicht mehr auf den Dachboden sollten?

»Wir würden gern wissen, warum wir unsere Arbeit nicht beenden dürfen«, erklärte Wuschel und klang ungewohnt sanft. »Haben wir etwas falsch gemacht? Oder haben Sie es sich anders überlegt und wollen doch alles so lassen, wie es ist? Sind wir Ihnen zu anstrengend? Brauchen Sie eine Erholungspause von uns? Wir können auch nächste Woche wiederkommen, oder übernächste.«

Die alte Dame schüttelte den Kopf zu allem, was Katharina aufzählte. Jetzt hatte sie definitiv nasse Augen. »Oh nein, aber nein«, antwortete sie.

»Können wir nicht kurz reinkommen?«, schlug Latif vor. Frau Jahn gab seufzend nach und ließ sie eintreten. In der überhitzten Küche setzten sie sich alle um den Tisch.

»Wir haben Bert getroffen«, erzählte Wuschel, vielleicht in der Hoffnung, Frau Jahn damit fröhlicher zu stimmen, denn die alte Dame sah aus, als wäre sie bei einer Beerdigung. War es vielleicht das? Jemand, den sie gut kannte, war gestorben und nun fehlte ihr die Kraft für alles andere?

»Ach, tatsächlich?«, wisperte Frau Jahn und ihr Gesicht hellte sich für einen Moment auf, der schnell wieder verging. Sie besann sich darauf, warum sie zusammensaßen. »Es tut mir sehr leid, Kinder, wirklich. Ich wollte euch nicht rauswerfen. Ihr leistet hervorragende Arbeit und es tut mir gut, dass das alte Zeug endlich aussortiert wird und verschwindet. Ihr ahnt ja nicht, wie belastend es sein kann, soviel Krempel angehäuft zu haben. Wie Ballast ist das, der einen nach unten zieht.«

»Aber warum sollen wir dann nicht weitermachen?«, hakte Wuschel nach. »Wir brauchen nur noch ein paar Stunden, wahrscheinlich werden wir sogar schon morgen fertig, wenn wir uns beeilen.«

Frau Jahn sah sie elend an. »Ich kann es euch nicht sagen.«

»Sie können nicht? Warum denn nicht?«, wollte Olaf wissen.

»Ich *darf* es nicht sagen«, entfuhr es Frau Jahn. Entsetzt schlug sie sich die Hände vor den Mund. »Oh nein, das hätte ich auch nicht sagen dürfen. Oh weh, was mache ich jetzt nur? Was soll nur werden?« Scheinbar verwirrt murmelte sie durch ihre knochigen Finger vor sich hin, die Augen leer auf die Tischplatte gerichtet. Olaf wurde ganz mulmig zumute. Latif nahm einfach eine ihrer Hände in seine, während Olaf sich noch den Kopf über das Krankheitsbild von Altersdemenz zerbrach.

»Bitte erzählen Sie uns alles von Anfang an«, forderte Latif sie auf. »Was ist passiert und was dürfen Sie uns warum nicht sagen?«

»Ich will euch nicht in Gefahr bringen!«, hauchte die alte Dame mit aufgerissenen Augen. »Es ist besser, ihr wisst von nichts.«

»Wir bestehen darauf«, drängte Latif entschlossen. »Sie fühlen sich danach ganz bestimmt besser und wir sind nicht so klein und unerfahren, wie Sie vielleicht denken.«

Der Anflug eines Lächelns huschte über Frau Jahns Gesicht. »Na schön, ich werde es euch erzählen. Als ich heute Morgen die Post hereinholte, fand ich einen Brief darunter. Darin stand …« Sie zitterte und schluckte mühsam. »Darin stand, ich dürfe euch nicht mehr ins Haus lassen, wenn ich nicht wollte, dass euch etwas Schreckliches zustößt. Ich dürfe euch nicht sagen, warum, und niemandem von dem Brief erzählen, sonst würde mein Heim niedergebrannt.« Nun schüttelte es sie vor Furcht und Schrecken und sie holte ein großes Stofftaschentuch aus ihrer Westentasche, um sich die nassen Augen zu trocknen und die Nase zu putzen.

Einige Sekunden lang saßen die Detektive am Tisch, unfähig, etwas zu sagen. Olaf schossen viele Bilder durch den Kopf und alle hatten mit Verbrechen und Feuern zu tun. Eine Gänsehaut kroch ihm über den Rücken und ließ ihn mitten in der Wärme der Küche erbärmlich frieren. Wuschel blinzelte selbst gegen ein paar Tränen an und Latif war so bleich, wie er ihn noch nie gesehen hatte.

»Haben Sie den Brief noch?«, würgte Olaf schließlich trotz des Kloßes in seinem Hals hervor. Frau Jahn stand auf und holte ein Blatt Papier aus einer Schublade ihres Küchenschrankes. Sie legte es auf den Tisch. »Und den Umschlag?«

»Das Blatt lag so im Briefkasten, ohne Kuvert«, sagte Frau Jahn.

Wuschel wollte den Zettel in die Hand nehmen, doch Olaf hielt ihren Arm fest. »Nein, wir müssen ihn zuerst untersuchen.«

Errötend zog Katharina die Hand zurück und nickte. Olaf musterte das Blatt. Ohne Zweifel, es handelte sich um ein Erpresserschreiben der fiesesten Art. Wesentlich niederträchtiger als die Botschaft, die er selbst erhalten hatte, und auch viel professioneller gestaltet. Die Nachricht war nicht handschriftlich, sondern ausgedruckt worden. Es gab keinen einzigen Rechtschreibfehler. Er tippte auf einen erwachsenen Absender.

»Schon wieder ein anonymes Schreiben«, meinte Latif.

»Wieso schon wieder?«, wollte Wuschel wissen.

»Das erklären wir dir später«, murmelte Latif mit einem bedeutungsvollen Seitenblick auf Frau Jahn. »Haben Sie einen großen Umschlag?«, fragte er die alte Dame.

»Da unten im Schrank.« Latif holte sich ein Kuvert und bugsierte den Brief vorsichtig hinein. »Was habt ihr damit vor?«, erkundigte sich Frau Jahn ängstlich.

»Wir werden ihn genau untersuchen, vielleicht finden wir Hinweise auf den Schreiber.«

»Könnt ihr das denn?« Sie sah Latif mit großen Augen erstaunt an.

»Ja, wir sind Detektive.«

Olaf zog eine ihrer neuen Visitenkarten hervor und reichte sie der alten Dame. Die holte eine große, viereckige Leselupe mit einem hölzernen Griff aus der Tischschublade vor sich und studierte damit die Aufschrift.

»W.O.L.F. – Detektive. Effektiv, vertrauenswürdig, diskret«, las sie laut vor. »Sehr interessant. Und wie viele Fälle habt ihr schon gelöst?« Die drei tauschten verlegene Blicke.

»Erst einen«, gab Wuschel zu, »aber über den haben sogar die Zeitungen und das Fernsehen berichtet.« Frau Jahn sah beeindruckt aus.

»Ich schlage vor, Sie engagieren uns.« Olaf machte sich so groß wie möglich, um kompetenter zu wirken. »Wir finden heraus, wer Ihnen diesen Brief geschickt hat und warum.«

Die alte Dame musterte ihn zweifelnd. »Ich weiß nicht recht … Ich kann doch keine Kinder damit beauftragen …«

»Wir sind keine Kinder«, widersprach Wuschel mit hochmütiger Miene. »Wir sind Detektive!«

»Aber es könnte gefährlich werden. Ihr habt selbst gelesen, womit man mir droht!« Frau Jahn war nicht leicht zu überzeugen. Olaf gab seiner Stimme einen festen Klang.

»Wir sind natürlich vorsichtig und begeben uns nicht unnötig in Gefahr. Wenn es nötig ist, arbeiten wir mit der Polizei zusammen.«

Frau Jahn sah noch einmal von einem zum anderen und überlegte. Schließlich zuckte sie mit den Schultern und seufzte. »Na schön, von mir aus. Ihr seid engagiert. Was wird mich das kosten?«

»Wir arbeiten gratis«, erklärte Latif. »Aber bei Erfolg sind wir mit einer freiwilligen Prämie einverstanden.«

Auf dem Dachboden setzten Olaf und Latif zunächst Wuschel in Kenntnis über Olafs Begegnung mit dem blonden Mädchen und den anonymen Drohbrief, den er in seinem Heft gefunden hatte. Wuschel las wütend die von Rechtschreibfehlern gespickte Zeile.

»Unfassbar! Was denkt die sich eigentlich?!«

»Kennst du sie vielleicht?«, fragte Olaf hoffnungsvoll.

»Weiß ich nicht. Es gibt viele Mädchen mit langen, blonden Haaren, allerdings kann ich mich an keine erinnern, die heute so angezogen war, wie du es beschreibst. Aber das muss nichts heißen. Ich merke mir für gewöhnlich nicht, was andere tragen, außer, es ist etwas Besonderes. Hättest du es mir früher gesagt, hätte ich gezielt nach ihr suchen können.«

»Schade«, seufzte Olaf. »Aber der Brief an Frau Jahn ist jetzt ohnehin wichtiger. Ich denke, wir sind uns darin einig, dass der Absender vermutlich derselbe ist wie der, der hier nachts herumschleicht.« Die anderen nickten. »Wir müssen den Brief so bald wie möglich untersuchen. Ich schlage vor, wir machen das bei Wuschel, und zwar ungestört in ihrer Hütte. Wir sollten das heute noch erledigen.«

»Haben wir alles, was wir dafür brauchen?«, fragte Latif. Wuschel nickte ernst.

»Ich habe unsere Ausrüstung sicher verwahrt. Wir können jederzeit loslegen.«

»Gut.« Olaf erhob sich von dem staubigen Sessel, auf dem er sich niedergelassen hatte, denn Frau Jahn hatte zugestimmt, dass sie den Dachboden fertig aufräumten. »Dann sollten wir schnellstens unseren Job hier erledigen und später zu dir rübergehen.«

F R A G E :  *Für wen steht das F in W.O.L.F.?*

 Du brauchst den 4. Buchstaben.

Kapitel 6

# Ein Papier sagt mehr als seine Worte

Verschwitzt und verstaubt saßen die drei – eigentlich vier, denn Freddy war dabei – mit kaltem Apfelsaft und Marmorkuchen in Wuschels Gartenhaus. Diese alte Hütte befand sich an einem abgelegenen Ende des großen Gartens ihrer Familie und war von wucherndem Gebüsch und hohen, Schatten werfenden alten Bäumen umgeben. Nur ein schmaler Pfad führte vom Rasen durch eine dschungelartige Vegetation zu dem kleinen Häuschen. Olaf hatte schon bei seinem allererstem Besuch bei Familie Karmann gedacht, dies sei das perfekteste Versteck, das man sich denken konnte. Bei ihm oder bei Latif gab es nichts Vergleichbares. Sie wohnten beide in Mietwohnungen. Latif musste sich sogar ein Zimmer mit seinem älteren Bruder teilen. Olaf lebte mit seiner Mutter in einer 3-Zimmer-Wohnung, die einen kleinen Balkon besaß, gerade groß genug, um dort zu zweit an einem Tisch zu sitzen und zu essen. Manchmal machten sie das auch, aber nicht immer. Wenn die Sonne auf den Balkon knallte, wurde es sehr, sehr heiß und sie blieben lieber drinnen, wo es kühler war. In Wuschels Hütte dagegen herrschte eine angenehme Temperatur, weil die Sonne nicht durch das Blätterdach hindurch kam.

Der kalte Saft tat so gut! Olaf hielt sich das Glas, an dem sich außen Wassertropfen bildeten, an die Wange. Wuschel lief noch einmal zum Haus, um ihre Ausrüstung zu holen. »Zuerst muss ich Sissi ablenken«, hatte sie erklärt, »sonst spioniert sie mir nach und belauert uns wieder.« Wuschel war allerdings kaum im Urwald verschwunden, da tauchte Sissi schon wie ein Geist in der Hütte auf. Sie stand plötzlich vor ihnen und musterte sie. Bei Latifs Anblick riss sie die Augen auf.

»Hi.«

»Hi«, erwiderten Olaf und Latif erstaunt. Sissi musste Wuschels Blick geschickt entkommen sein, um sich hierher zu schleichen.

»Katharina sucht dich«, meinte Olaf.

»Ich weiß.« Sissi blieb unbeeindruckt.

»Du könntest ihr hinterherlaufen, dann würde sie die Zeit sparen«, schlug Olaf vor.

»Nö.« Sissi veränderte ihre Haltung nicht, stand nur da, als wollte sie bleiben und sie bewachen. Olaf wechselte einen ratlosen Blick mit Latif. Der zuckte kurz mit den Achseln und wandte sich dann an das Mädchen.

»Wie wäre es, wenn du uns frischen Saft holst? Und wir könnten auch noch Kuchengabeln brauchen.«

Sissi grunzte beleidigt. »Glaubst du, ich falle darauf rein? Ich kenne alle Tricks von Katharina. Sie versucht ständig, mich loszuwerden.«

Olaf seufzte. Sie konnten anscheinend nichts ausrichten und mussten auf Wuschel warten. Hoffentlich konnte sie ihre kleine Schwester abwimmeln. Zu einem anderen Zeitpunkt hätte er sich gern mit ihr unterhalten, aber gerade jetzt kam sie sehr ungünstig. Sie mussten unbedingt so schnell wie möglich den anonymen Brief von Frau Jahn untersuchen.

Die Minuten verstrichen und Sissi stand eine ganze Weile einfach nur da, bevor sie begann, hin- und herzugehen und die Hütte einer Inspektion zu unterziehen. Sie stöberte in den Schränken und sah aus dem Fenster hinaus. Schließlich baute sie sich vor Latif auf.

»Hast du eine Freundin?«

Latif entfuhr ein überraschtes Keuchen. »Wer, ich? Nein. Wieso?«

»Nur so.« Sissis Wangen färbten sich rosa. »Was wollt ihr von Katharina?«

»Na, wir sind mit ihr befreundet.«

»Gerade hast du noch gesagt, du hättest keine Freundin!« Sissi klang vorwurfsvoll. Latif rutschte verlegen auf dem Korbstuhl herum und brachte ihn zum Knarren.

»Das stimmt ja auch. Ich dachte, du meintest *so* eine Freundin und keine normale Freundin. Also, Wu ... Katharina und ich sind eben befreundet wie ich mit Olaf befreundet bin. Olaf ist auch der Freund von Katharina. Verstehst du? Wir drei sind einfach nur gute Freunde.«

Olaf musste sich ein Grinsen verkneifen, als er mitbekam, wie Latif sich wandt und versuchte, Sissi die Sachlage klarzumachen. Sissi ließ nicht erkennen, ob sie wusste, was er meinte, oder ob sie vielleicht sogar absichtlich so tat, als würde sie ihn missverstehen.

»Also hast du keine Freundin – außer Katharina?«

Ehe Latif antworten konnte, stürzte Wuschel wie ein Blitz durch die Tür und auf ihre Schwester.

»He, lass los!«, schrie Sissi.

»Was tust du hier?«, fuhr Wuschel sie an. »Weißt du, dass Mama dich dringend in der Küche erwartet? Sie will mit dir die Cake-Pops backen, die du morgen für die Gruppenstunde brauchst! Ich soll dir ausrichten, dass du ihren Zorn zu spüren bekommst, wenn du das zu vergessen wagst!«

Dass Wuschel die Wahrheit sagte, konnte man gut an Sissis Gesicht erkennen, das sich von zorngerötet zu erkenntnisblass wandelte. Sissi eilte hastig davon und Wuschel sah ihr drohend hinterher, dann wandte sie sich lachend zu Olaf und Latif um.

»Ha ha, Glück gehabt! Sobald ich ins Haus kam, rief unsere Mutter schon nach Sissi und schickte mich, um sie zu holen. Puh, das Problem ist gelöst. Sissi wird für mindestens zwei Stunden beschäftigt sein und sich nicht aus der Küche wagen. Mama hat sich extra die Zeit für das Backen freigenommen und sie wäre sehr verärgert, wenn Sissi sich drücken würde. So wie ich hat sie sich natürlich nicht ausgedrückt, aber ich dachte, es schadet nicht, Sissi ein bisschen Angst einzujagen.«

»Wo ist unsere Ausrüstung?«, wunderte sich Latif, denn Wuschel war ohne Koffer erschienen.

»Moment, ich hole sie.« Katharina verschwand kurz draußen zwischen den Büschen und tauchte mit dem Ausrüstungskoffer wieder auf. »Als ich sah, dass Sissi hier war, habe ich ihn schnell versteckt. Es ist besser, sie bekommt den Koffer nie zu sehen, denn sonst plagt sie mich unablässig mit ihrer Neugier und wird das ganze Haus auf den Kopf stellen, um ihn zu finden.« Sie legte den fraglichen Koffer auf den Boden und öffnete ihn. Das Gepäckstück gehörte früher Olafs Mutter. Nach dem Umzug hatte sie ihn endgültig ausgemustert und Olaf überlassen. Es war ein alter, abgewetzter, kleiner Lederkoffer mit einem Schloss. Wuschel zückte ihren Schlüssel und öffnete ihn.

Ein Sammelsurium von nützlichen Utensilien kam zum Vorschein. Nach der Auflösung des Falles um den goldenen Todesreiter hatten sie die Zeit und einen Teil ihrer Belohnung dafür genutzt, sich eine Detektivausrüstung zusammenzustellen. Viel Geld hatten sie nicht dafür ausgegeben. Vieles waren Gegenstände, die es im Haushalt gab oder die man günstig besorgen konnte. Dinge wie Knetmasse und Gips zum Anrühren gehörten dazu, ein Maßband zum Ausmessen von Fußspuren, Wattestäbchen, Plastikbeutel, Schutzbrillen und vieles mehr.[1]

Wuschel holte das Fingerabdruckset heraus und legte es auf den Tisch. Latif platzierte das Kuvert mit dem Brief daneben. Alle drei zogen sich hauchdünne Schutzhandschuhe an, wie Ärzte sie tragen.

»Wir untersuchen das Blatt zuerst auf andere Spuren, ehe wir auf Fingerabdrücke testen«, schlug Olaf vor. Mit den Fingerspitzen angelte er vorsichtig den Brief heraus und legte ihn auf den Umschlag. Mit seinem Handy machte er mehrere Aufnahmen von dem Papier und vor allem von dem Text. Latif suchte das Schreiben eingehend mit einer Lupe ab, erst die Vorder-, danach die Rückseite. Katharina schnüffelte lang an dem Papier.

»Das Papier riecht nach Zigarettenrauch«, meinte sie, als sie damit fertig war. Latif roch ebenfalls daran und stimmte zu.

»Ja, eindeutig. Also ist entweder der Schreiber ein Raucher oder derjenige, dem das Papier gehörte. Es könnte sein, dass der

---

[1] Die komplette Detektivausrüstung findest du am Ende des Buches.

Verfasser den Brief an seinem Arbeitsplatz oder bei einem Freund ausgedruckt hat.«

»Das halte ich für unwahrscheinlich«, widersprach Olaf. »So etwas macht man zu Hause, weil man nicht möchte, dass es jemand mitbekommt. Wir suchen also einen Raucher.«

»Mir ist mit der Lupe Folgendes aufgefallen«, sagte Latif. »Das Papier ist weiß und glatt, ein typisches Druckerpapier, wie wir es wohl alle benutzen. Die Buchstaben sind schwarz und scharf, aber ich finde sie etwas zu blass. Das weist darauf hin, dass der Absender einen Drucker verwendet hat, bei dem die Farbe allmählich leer wird.«

»Ein Raucher mit einem Drucker, bei dem das Schwarz zu blass ist«, wiederholte Wuschel träge und gähnte. »Das dürfte schwierig werden.«

»Vergiss nicht, dass es jemand aus Frau Jahns Familie sein muss«, warf Latif ein.

»Da gibt es ja auch nur – wie viele? Hundert? – Männer«, maulte Wuschel. »Au!« Sie machte einen Hopser auf ihrem Stuhl. »Freddy hat mich gekratzt.« Sie nahm die Ratte von ihrer Schulter, wo sie bisher friedlich gedöst hatte. »Was ist los? Hast du Hunger?« Sie hielt ihm ein Stückchen Kuchen hin und Freddy fing an, daran zu knabbern.

»Bleib bitte bei der Sache, Wuschel«, ermahnte sie Olaf. »Wir sind noch nicht fertig.«

»Tut mir leid, aber ich bin immer noch müde von der durchwachten Nacht. Ich freu mich darauf, am Sonntag endlich ausschlafen zu können«, antwortete Katharina und gähnte noch einmal.

»Ist es überhaupt gut, wenn du ihn mit Süßkram fütterst?«, wollte Latif wissen. Wuschel lächelte wissend.

»Ratten sind Allesfresser und er würde das auch zu sich nehmen, wenn er frei leben würde. Aber du hast schon recht, allzu oft bekommt er Zuckerhaltiges nicht, da passe ich auf. Ich will schließlich nicht, dass er dick wird. Hauptsächlich füttere ich ihn mit Körnern, Obst und Gemüse, Löwenzahn …«

»Bitte!«, flehte Olaf, »Können wir weitermachen? Ich muss bald nach Hause, zum Abendessen.«

»Oh, stimmt, das kannst du unmöglich ausfallen lassen«, stimmte Wuschel zu. Olaf musterte sie misstrauisch, um zu sehen, ob sie sich über ihn lustig machte. Sie hatte ein ernstes Gesicht, trotzdem überzeugte sie Olaf nicht. Latifs Mundwinkel zuckten verdächtig. Tatsächlich stimmte ihn der Gedanke, das Essen zu verpassen, äußerst missmutig. Was konnte er auch dafür, dass seine Mutter so fantastisch kochte und es immerzu gut mit ihm meinte? Er aß eben gern und eigentlich alles, was sie ihm vorsetzte. Es war Pech, dass er nicht auch mit Begeisterung Sport trieb wie Latif oder dünn blieb wie Wuschel – er sah nun mal etwas rundlich aus, na und? Kein Grund, ihn damit aufzuziehen. Er machte sich doch auch nicht über die Macken der anderen lustig! Katharinas vor Kurzem noch verunglückte Frisur, zum Beispiel, bot sich förmlich an, um darüber zu lästern ...

Ups! Ihm fiel siedend heiß ein, dass er und Latif genau das taten, wenn sie sie immerzu Wuschel nannten. Den Spitznamen hatten sie ihr bei ihrem ersten Zusammentreffen im Museum verpasst, weil ihre Haare nach einem missglückten Selbstversuch in alle Richtungen abstanden. Sie hatte sich zuerst gegen den Spitznamen gewehrt, aber inzwischen akzeptierte sie ihn. Eigentlich echt okay von ihr. Olaf lächelte sie an und nun mussten die beiden anderen doch lachen.

»Gut, einmal ableuchten bitte, ehe wir auf Fingerabdrücke testen«, sagte Olaf. Latif kramte die Geldprüflampe hervor und suchte sich einen dunkleren Ort – im Schrank – um mit dem blauen Licht der Spezialleuchte nach unsichtbaren Flecken zu suchen.

»Da ist nichts«, erklärte er und kam zum Tisch zurück. Olaf schraubte das Marmeladenglas mit dem Fingerabdruckpulver auf – fein zerstoßene Kohletabletten – und tauchte die Spitze eines dicken, weichen Pinsels hinein. Sanft puderte er damit über das Papier und blies anschließend das überschüssige Pulver herunter. Die meisten Abdrücke, die nun sichtbar wurden, waren verwischt und verschmiert, nur ein einziger trat deutlich hervor. Olaf fotografierte ihn. Wuschel zog ein Stück klares Klebeband ab und presste es auf den Abdruck, um ihn zu konservieren.

»Jetzt brauchen wir noch die Fingerabdrücke von Frau Jahn, um festzustellen, ob dieser zu ihr gehört.« Latif zog ein Karteikästchen hervor, das sie mit »Fingerabdruckkartei« beschriftet hatten. »Von uns kann er nicht sein, denn wir haben das Blatt nicht mit bloßen Händen angefasst, jedenfalls nicht an dieser Stelle. Kannst du das erledigen?«, fragte er Wuschel und schob ihr das Kästchen hin, in dem sich Karten mit ihren eigenen Abdrücken befanden, etliche leere Karten, die auf ihre Verwendung warteten und ein Stempelkissen mit blauer Tinte (die man nachher mit einem Tintenkiller leicht von den Fingern entfernen konnte). Katharina nickte. Latif stand auf. »Ich muss jetzt auch los. Olaf, kommst du mit?«

Olaf folgte Latif und Wuschel durch den Garten. Am Tor verabschiedeten sie sich von Katharina.

»Wir sehen uns morgen Mittag bei Frau Jahn«, rief sie ihnen noch hinterher.

**FRAGE:** *Was finden die Detektive auf dem Brief an Frau Jahn?*

Du brauchst den 5. Buchstaben.

Kapitel 7
## Die Schatzsuche beginnt

Olaf ließ sich mit vollem Bauch auf sein Bett fallen. Er war gut gefüllt mit Frikadellen, Erbsen und Pommes frites. Auf seinem Nachttisch stand noch eine Schüssel Vanillepudding, die allerdings warten musste, bis er wieder Platz im Magen hatte. Er griff nach dem roten Tagebuch, das direkt daneben lag und schlug es auf. In den letzten Tagen hatte er immer wieder darin geblättert, konnte aber kaum etwas lesen. Ab und zu ein kurzes Wort, doch das half ihm überhaupt nicht dabei, ganze Sätze zu verstehen oder auch nur annähernd den Inhalt zu erfahren. Er musste endlich etwas erreichen. Inzwischen ging es um so viel mehr. Er wälzte sich von der Matratze und nahm das Buch mit ins Wohnzimmer, wo er sich neben seine Mutter setzte und ihr das Tagebuch hinhielt.

»Mama, schau mal, kannst du das lesen? Es ist eine alte Handschrift, ganz anders als das, was ich kenne.«

Seine Mutter schlug die erste Seite auf und studierte sie angestrengt. »Hm, wirklich schwierig. Vielleicht ist es Sütterlin.«

»Was ist das denn?«

»Eine alte Schrift, die man früher in Deutschland verwendet hat. Meine Großmutter hat sie benutzt. Ich erinnere mich, dass ich ihre Karten und Briefe nie lesen konnte und immer meine Eltern bitten musste, sie für mich zu entziffern.«

Olaf nahm das Buch mit zurück in sein Zimmer und setzte sich an den Computer. Er suchte im Internet nach dem Wort Sütterlin und fand viele Einträge dazu. Als er sich näher damit beschäftigte, fiel ihm auf, dass diese Schreibschrift erst ab 1915 in den Schulen gelehrt wurde. Olaf überlegte. Frau Jahn hatte gesagt, dass die Aufzeichnungen ihres Vaters aus dem Ersten Weltkrieg stammten. Olaf sah nach, wann das genau war – 1914 bis 1918. Also konnte jemand, der in dieser Zeit schon erwachsen und Soldat war, eigentlich nicht Sütterlin geschrieben haben. Er forschte weiter nach alten Handschriften und stieß auf die Kurrentschrift. Er fand sogar genaue Abbildungen der Buchstaben und welchen sie in der heutigen lateinischen Schrift entsprachen. Er schlug das Tagebuch auf und versuchte, ein Wort zu entziffern. Es war eine mühsame Arbeit.

»*Nacht*«, rief er plötzlich aus, »da steht *Nacht*!«

Beflügelt von seinem Erfolg versuchte er es mit dem nächsten Wort. Schließlich konnte er den ganzen Satz lesen – *Die Nacht war kalt und ungewöhnlich dunkel.* Olaf hüpfte aufgeregt vom Stuhl, besann sich anders, druckte die Buchstaben aus und nahm das Tagebuch, das Blatt und etwas zum Schreiben mit zu seinem Bett, wo er es sich gemütlich machte.

Bis spät in die Nacht arbeitete Olaf an dem Tagebuch, so fesselnd fand er es. Nach einer Weile bekam er Übung mit den merkwürdigen Buchstaben und musste nicht mehr jeden einzelnen nachsehen, sodass das Lesen schneller voranging. Trotzdem würde er noch lange brauchen, um das gesamte Tagebuch zu entschlüsseln.

Olaf sah auf seine Armbanduhr. Schon kurz nach Mitternacht! Er merkte, wie müde er schon war. Außerdem musste er am nächsten Mittag wieder auf Frau Jahns Dachboden arbeiten. Er sollte besser schlafen und ein anderes Mal weitermachen. Nur noch den Eintrag von diesem einen Tag zu Ende lesen und dann würde er das Licht ausmachen. Seinen Pudding hatte er längst gegessen, Zähne geputzt und seinen Schlafanzug angezogen; er musste sich nur noch hinlegen. Doch es kam völlig anders, als er es geplant hatte.

Der Tagebucheintrag vom 14.12.1918 machte ihn stutzig. Bisher hatte der Schreiber von dem Leben an der Front berichtet und das nicht einmal sonderlich emotional. Die blutigen und grausamen Einzelheiten, die Frau Jahn erwähnte, hatte er stets ausgespart und sich mehr auf seine Gedanken und Träume in der Nacht konzentriert, hatte das Ausharren im Schmutz und den Gestank beschrieben, das immerselbe Essen und den ständigen Schlafmangel, ebenso die Flöhe und Läuse, die die Soldaten unablässig plagten, überlaufende Latrinen und die Entsorgung von Exkrementen in die Reihen des Feindes, die Enge, die Gereiztheit aller Kameraden und wann er einen Brief von zu Hause erhalten hatte. Wochen zuvor war bekannt geworden, dass sich die Beteiligten auf einen Waffenstillstand geeinigt hatten und in Verhandlungen getreten waren, und der Vater von Frau Jahn hatte weniger geschrieben. Doch dann folgte dieser sonderbare Eintrag:

*Nun, da unsere Rückkehr in die Heimat unmittelbar bevorsteht, wird mir bewusst, dass ich nicht mehr viel Zeit für mein Vorhaben zur Verfügung habe. Ich habe es sorgfältig durchdacht, niemand weiß davon. Der Himmel ist mir hold, denn es ist eine sternenlose Nacht, wie geschaffen für meine Tat. Ich werde in Kürze aufbrechen. Sollte ich es nicht bis zum Morgengrauen zurückschaffen, so muss man davon ausgehen, dass ich bereits tot bin. In diesem Fall soll mein Tagebuch an meine liebe und treue Ehegattin übergeben werden.*

Natürlich konnte Olaf an dieser Stelle nicht aufhören zu lesen und einfach schlafen, ohne zu wissen, ob der Schreiber das Tagebuch fortgeführt und was er getan hatte. Er blätterte die braunfleckige Seite gespannt um. Ja, es gab einen Eintrag vom nächsten Tag. Der Soldat hatte also überlebt, was immer er in jener Nacht auch unternommen haben mochte.

*Es ist getan! Ich habe, was ich wollte. Mein kostbarer Schatz ist sicher verwahrt unter meinen wenigen Besitztümern. Ich kam vor der Morgendämmerung zurück und sammelte meine Habseligkeiten zusammen. Meine Kameraden waren mitten im Aufbruch, niemand bemerkte mein Fehlen. Ich machte ein letztes Mal Meldung beim Kommandanten, ehe ich mich davonschlich. Die Heimreise muss ich allein auf mich nehmen, denn es darf niemand mitbekommen, was ich bei mir habe. Es ist sehr riskant. Trotz des Waffenstillstandes gibt es genügend Feinde, die nur darauf warten, einen Deutschen zu erschießen oder mit ihren Händen zu erdrosseln. Von nun an bis zur Grenze bin ich ein Franzose. Die Uniform, die ich aufbewahre, wird mir gute Dienste leisten.*

Olaf pochte das Herz bis zum Hals. Ein Schatz! Frau Jahns Vater hatte einen Schatz aus dem Krieg mitgebracht! Worum mochte es sich dabei handeln? Es konnte nichts allzu Großes sein, denn offensichtlich hatte der Mann es mit sich getragen und in seinem Gepäck versteckt. Edelsteine vielleicht? Die waren klein und doch sehr, sehr wertvoll. Olaf musste unbedingt herausfinden, wie die Geschichte weiterging.

Er verfolgte die gefährliche Heimreise des Soldaten Eduard Pfitzner, der während dieser Zeit nur sehr kurze Einträge verfasste und nirgendwo erwähnte, worin der Schatz bestand. Nur zwei Mal schrieb er überhaupt davon, und dann auch nur, weil er sich verzagt fragte, wie seine Frau wohl reagieren würde, wenn sie sah, was er ihr mitbrachte. Er vermutete, sie wäre außer sich vor Freude, doch es nagte ebenso Zweifel an ihm, weil er sich dieses Mitbringsel unter solch denkwürdigen Umständen verschafft hatte. Über die Sache selbst machte er sich kaum Gedanken, außer, dass sie die Erfüllung all der Träume seiner Gattin war. Olaf fragte sich mehrmals, ob Frau Jahns Mutter so sehr an Edelsteinen gehangen hatte, dass ihr Mann diese Gefahr auf sich nahm. Oder handelte es sich um ganz spezielle Edelsteine? Vielleicht welche, die früher einmal ihrer eigenen Familie gehört hatten? Es wäre etwas ganz anderes, wenn Herr Pfitzner ein altes Familienerbstück wiederbeschafft hatte.

Schließlich erreichte der Soldat die Heimat und sein Zuhause und überreichte seiner Frau den Schatz. Er schilderte ihre Freudentränen, zunächst darüber, ihn wiederzusehen, danach über ihre neuen Besitztümer, und mehr war darüber nicht zu erfahren. Es folgte eine lange Pause im Tagebuch und weitere Einträge ab dem Jahr 1926, wo er sich viel mit der Schwangerschaft seiner Frau beschäftigte und der Geburt eines ersten Sohnes – eine Tochter gab es bereits. Danach überwogen Schilderungen des glücklichen Familienlebens mit den Kindern die Einträge. Olaf las und las in der Hoffnung, mehr Hinweise auf den Schatz zu finden, aber irgendwann schlief er ein und wachte erst am nächsten Vormittag wieder auf – einem Samstag –, als seine Mutter an die Zimmertür klopfte, den Kopf hereinstreckte und ihn fragte, ob er denn gar nicht mehr aufstehen wolle.

Olaf eilte aufgeregt auf seine Freunde zu, die am frühen Nachmittag in Frau Jahns Einfahrt bereits auf ihn warteten.

»Ihr werdet nie raten, was ich herausgefunden habe!«, rief er schon von Weitem. Nach Luft schnappend kam er vor ihnen zum Stehen. »Ich werde es euch drinnen sagen«, keuchte er, »wo uns niemand belauschen kann.«

Wuschel und Latif machten große Augen, stellten aber keine Fragen, sondern rannten so schnell wie möglich mit ihm zum Dachboden hinauf. Dort ließ sich Olaf auf ein Sofa fallen, weil er sich unbedingt ausruhen musste. Sobald er genug Atem geschöpft hatte, berichtete er seinen ungeduldigen Freunden von dem Tagebuch.

»Ein Schatz, stellt euch das nur vor! Was, wenn der hier noch irgendwo versteckt ist?«

Wuschel riss die Augen auf. »Wow, das wäre doch toll. Wir sollten nach ihm suchen!«

»Na ja, wir haben so ziemlich alles hier oben abgegrast, nicht wahr?«, warf Latif ein. »Und wenn es einen Schatz gäbe, hätten wir ihn vermutlich schon gefunden.«

»Aber vielleicht auch nicht!« Wuschel schüttelte vehement den Kopf. Sie war Feuer und Flamme für ihre Idee. »So einen Schatz würde man nicht einfach in eine Schublade legen. Vor allem, wenn es etwas so Kleines ist wie Edelsteine. Man würde die viel raffinierter verstecken, vielleicht in einem Geheimfach eines Sekretärs oder hinter einem losen Brett oder im doppelten Boden eines Koffers.«

Olaf zuckte zusammen. »Wisst ihr was? Ich glaube, genau das sucht unser unbekannter Einbrecher hier! Er weiß von dem Schatz und will ihn finden, ehe wir ihm zuvorkommen oder er aus Versehen weggeworfen oder verkauft wird.«

»Er könnte ihn ja schon gefunden haben«, gab Latif zu bedenken. »Sind in dem Tagebuch keine Hinweise darauf, wo er steckt?«

»Ich bin noch nicht ganz durch damit«, gab Olaf zu. »Ich bin eingeschlafen und so spät aufgewacht, dass ich keine Zeit hatte, ehe ich los musste. Deshalb habe ich auch den Bus verpasst.« Er hatte sich eigentlich mit Latif im Bus treffen wollen, damit sie gemeinsam herfuhren. »Und ich glaube nicht, dass der Einbrecher etwas gefunden hat, sonst müsste er sich nicht darum bemühen, Frau Jahn Angst einzuflößen und uns loszuwerden.«

»Wisst ihr, wenn es noch eine kleine Chance gibt, dass der Schatz hier irgendwo ist, sollten wir unbedingt danach suchen. Und wir sollten mit dem Haufen da draußen anfangen, der wird nämlich am Montag abgeholt.« Wuschel deutete in die Einfahrt hinunter, wo all die kaputten Möbel und Gegenstände lagen, die zum Sperrmüll kamen. »Wenn es ein Geheimfach oder einen doppelten Boden gibt, haben wir das wahrscheinlich übersehen.«

Olaf kratzte sich am Kopf. »Wie sollen wir Frau Jahn erklären, dass wir jetzt da draußen arbeiten statt hier drin?«

»Wir sagen ihr einfach, dass wir sichergehen wollen, dass wir wirklich nichts übersehen haben. Und das stimmt ja auch«, erwiderte Wuschel.

»Okay, dann machen wir das«, stimmte Latif zu. »Wenn wir nicht nachsehen, werden wir uns immer fragen, ob der Schatz in der Müllverbrennung gelandet ist.«

Frau Jahn wunderte sich jedoch gar nicht, warum sie den Sperrmüllberg in ihrer Einfahrt durchwühlten und Olaf war froh darum. Er hätte ihr nichts verschweigen wollen, obwohl natürlich klar war, dass der Schatz, sollten sie ihn irgendwo finden, ihr gehörte. Wie wahrscheinlich war es überhaupt, dass sie etwas finden würden? Hätte nicht viel eher schon ein anderer den Schatz entdeckt, wenn er irgendwo existierte?

»He, Wuschel«, riss Latif ihn aus seinen Gedanken, »du hast noch nichts von den Fingerabdrücken erzählt.«

Wuschel richtete sich auf. »Ach so, ja, stimmt. Ich habe mir gestern Frau Jahns Abdrücke geben lassen und eine Karteikarte für sie angelegt. Dann habe ich sie mit dem Abdruck von dem Brief verglichen und es ist in der Tat einer von ihr. Sorry, keine Fingerabdrücke vom Absender.«

»Kein Wunder, da waren so viele verwischte. Frau Jahn hat den Brief sicher immer wieder in die Hand genommen und nicht darauf geachtet, ihn nur vorsichtig anzufassen.« Latif widmete sich wieder einem Schränkchen ohne Schubladen, das er sorgfältig abklopfte und auf Hohlräume untersuchte. »Tja, nun werden wir doch nicht heute mit der ganzen Arbeit fertig«, meinte er nach einer Weile. »Wenn wir hier alles untersucht haben, müssen wir uns schon auf den Weg zu Bert machen. Und so, wie es jetzt aussieht, werden wir noch lange auf dem Dachboden zu tun haben, jedenfalls, wenn wir hier nichts finden.«

»Ich glaube auch«, stimmte Olaf zu. »Wenn wir nicht überall gesucht haben, können wir nie sicher sein …«

»Hey, ich habe etwas!«, fiel Latif ihm aufgeregt ins Wort. Er kam aus der Hocke hoch und hielt ein zerkratztes Kästchen mit den Resten eines abgerissenen Verschlusses vor sich. »Hört mal!«, forderte er seine Freunde auf und schüttelte das Kästchen. Olaf vernahm deutlich ein leises Klappern. »Erst hat sich nichts bewegt, aber als ich kräftiger geschüttelt habe, hat sich etwas im Inneren gelöst. Und seht mal hier …« Er öffnete das Holzkästchen – es war leer. »Es muss einen doppelten Boden haben!« Er besah und untersuchte die Dose von allen Seiten – ohne Erfolg.

»Gib mal her«, meinte Wuschel und nahm das Kästchen entgegen, das Latif ihr zögerlich reichte. Sie legte es auf den Boden, nahm einen alten Lampenschirm aus Metall in die Hand und holte aus. Olaf sah, dass Latif sie daran hindern wollte, doch er hatte zu viel Angst um seine Finger, und so ließ Wuschel die Stange auf das Holz donnern. Mit einem knirschenden Splittergeräusch zerbarst das Kästchen und gab frei, was in ihm verborgen lag.

**FRAGE:** *Wie heißt die alte Schrift, mit der in das rote Tagebuch geschrieben wurde?*

Du brauchst den 3. Buchstaben.

## Kapitel 8
## Berts denkwürdiges Zuhause

»Sieh es mal so – Frau Jahn hat sich über den Fingerhut gefreut«, versuchte Olaf es trotz seiner eigenen Enttäuschung pragmatisch zu sehen. »Er erinnert sie an ihre Großmutter, das ist doch auch was.«

»Aber er ist überhaupt nichts wert«, protestierte Wuschel.

»Ihr Großvater hat ihn selbst aus einem Stück Walfischzahn geschnitzt, damit seine Frau sich beim Nähen nicht in die Finger sticht. Das ist doch reizend.« Latif grinste sie provozierend an. Er hatte seine gute Laune am schnellsten wiedergefunden. Olaf sah das zertrümmerte Kästchen noch genau vor sich. Im Boden hatte sich tatsächlich ein Hohlraum befunden, ausgekleidet mit Filz, und darin lag – ein schmutzig-weißer Fingerhut.

»Wer versteckt denn einen alten Fingerhut in einem Geheimfach?«, murmelte Wuschel und warf Latif einen finsteren Blick zu.

»Wer weiß, vielleicht ist er aus Versehen hineingefallen und geriet in Vergessenheit«, erwiderte Latif. »Schade nur, dass wir sonst nichts gefunden haben. Aus dem Schatz wird erst mal nichts.«

Sie befanden sich auf dem Weg zu Bert und ließen sich im Bus hin- und her schaukeln. Nun, da Wuschel neben ihm saß, fand Olaf, dass sie nach Pferd roch, obwohl sie behauptete, nach der Reitstunde geduscht zu haben.

»Wo ist Freddy?«, erkundigte er sich.

»Ich habe ihn zu Hause gelassen. Ich weiß nicht, was uns bei Bert erwartet. Vielleicht hat er einen Hund oder eine Katze, das möchte ich Freddy nicht antun.«

An der nächsten Haltestelle stiegen sie aus und gingen das kurze Stück bis zu Berts Adresse zu Fuß. Er wohnte in einem adretten Reihenhaus, zu dem ein schmaler Weg führte, der rechts und links von winzigen, symmetrisch bepflanzten Blumenbeeten eingerahmt war.

Latif und Olaf überließen es Wuschel, die Klingel zu drücken, was sie sehr nachdrücklich tat. Olaf überlegte schon, ob er ihren Finger von dem Knopf ziehen sollte, da ging die Tür auf. Eine kurzhaarige, blonde Frau sah sie verärgert an – vermutlich Frau Plöger, Berts Mutter.

»Was soll denn das?«, fragte sie stirnrunzelnd.

»Wir wollen zu Bert«, erklärte Katharina.

»Aha. Dann seid ihr wohl die Kinder aus seiner Schule. Kommt rein.« Sie öffnete die Tür weit und ließ sie eintreten. Sie quetschten sich durch einen engen Flur und eine weitere Tür und standen im Esszimmer. »Ich sage Bert Bescheid, wartet bitte hier.« Sie stieg eine Treppe hinauf und Olaf hörte sie oben reden. Als sie wieder herunterkam, meinte sie, sie könnten hochgehen, Bert sei in seinem Zimmer. Olaf ging voraus und steuerte im ersten Stock die einzige Tür an, die offen stand. Bert sah ihnen nervös entgegen, seine Wangen und Ohren leuchteten hellrot.

»Hallo! Ihr seid ja tatsächlich gekommen!«

»Warum denn auch nicht?«, fragte Latif verdutzt.

»Die meisten kommen nicht. Ich kriege so gut wie nie Besuch.« Bert klang eher aufgeregt als traurig und schien nur Tatsachen festzustellen. »Ich hoffe, ihr mögt Eis. Meine Mutter bringt uns gleich welches.«

Sie setzten sich hin – Latif auf Berts Schreibtischstuhl, Wuschel auf einen alten Korbsessel und Olaf neben Bert auf dessen Bett, das mit einer geblümten Tagesdecke abgedeckt war. Während sie auf das Eis warteten, sah Olaf sich um. An Berts Zimmer schien im Grunde nichts Besonderes; es gab ein Bett, einen Schreibtisch mit Stuhl und Computer, einen Kleiderschrank, ein Bücherregal, eine Kommode, zwei Schubfächer unter dem Bett und den alten Sessel, der bestimmt früher im Wohnzimmer seinen Platz gehabt hatte – also ganz gewöhnlich, wären da nicht die Poster an den Wänden. Auf jedem verfügbaren Flecken hingen Bilder von Sternen, Raumschiffen und Echsen.

»Du magst wohl Science Fiction …?«, mutmaßte Olaf. Bert nickte heftig.

»Ich steh total auf *Star Trek* und *Star Wars*. Ich hab alle Filme auf DVD und die komplette Serie *The Next Generation* auch. Im Frühjahr war ich sogar auf einer Convention. Ich war Obi-Wan Kenobi! Ich hab einen Preis gewonnen! Allerdings hat beim Kostümwettbewerb jeder in meiner Altersgruppe einen Preis bekommen.« Das schien ihn jedoch nicht zu bedrücken, viel mehr strahlte er vor Begeisterung.

»Und wieso hast du Eidechsenposter hier hängen?«, wollte Wuschel wissen.

»Das ist eine Bartagame«, erklärte Bert und deutete auf die Wand über dem Schreibtisch, »und das ist eine Smaragdeidechse.« Er zeigte auf ein kleineres Bild über dem Bett. »Ich habe eine Bartagame und ein Chamäleon in Terrarien. Wenn ihr wollt, zeige ich sie euch nachher.«

»Klar«, meinte Latif interessiert. Olaf war selbst darauf gespannt, die Reptilien zu sehen. Wuschel schien sich nicht sicher zu sein, was sie denken sollte, sagte aber nichts mehr. Frau Plöger kam und brachte das Eis, einen Becher für jeden, je eine Kugel Schokolade, Vanille und Erdbeere und zwei Waffeln dazu. Eine Weile blieb es still, weil alle mit dem Essen beschäftigt waren. Schließlich holte Bert einen Karton unter dem Bett hervor und öffnete ihn.

»Das sind die Sachen, mit denen ich den Stammbaum erstellt habe.« Alte Fotos, Briefe und Postkarten kamen zum Vorschein, außerdem einige Familienstammbücher, zwei davon mit hübschen Verzierungen auf der Vorderseite, die vermuten ließen, dass es sich bei ihnen um ältere Exemplare handelte. Die drei Detektive ließen sich von Bert alles zeigen und erklären. Als er die Zimmertür schloss, entdeckten sie eine große Ausführung seines Stammbaumes, die er dort hingeklebt hatte. Bert konnte sich offenbar wirklich für seine Familiengeschichte erwärmen. Wuschel gähnte ein paar Mal unterdrückt und sah entschuldigend zu Olaf. Sie kämpfte immer noch mit den Folgen ihrer Nachtwache.

Latifs Blick wirkte verträumt, scheinbar ließ er seine Gedanken woanders ruhen als bei Berts Familienkunde. Olaf hatte selbst

Probleme damit, aufmerksam zu bleiben. Er hatte gehofft, sie würden von Bert etwas Interessantes über dessen Familie erfahren, was sie in ihrem Fall weiterbrachte, doch der hielt sich nicht mit Geschichten über einzelne Familienmitglieder auf. Lieber erzählte er ausführlich von seinen Bemühungen, die Daten zusammenzutragen, und mit welchen Computerprogrammen er welche Arbeit erledigt hatte. Die Zeit rückte voran und Latif tippte auf seine Armbanduhr, um Olaf ein Zeichen zu geben. Olaf nickte vorsichtig.

»Du, Bert«, unterbrach er dessen Rede, »gibt es in deiner Familie denn irgendwelche Geheimnisse oder Gerüchte, überlieferte Heldentaten oder merkwürdige Vorkommnisse oder Erbstücke?« Bert sah ihn ratlos an.

»Nö, nicht, dass ich wüsste. Warum?«

»Ach, man stößt doch meistens auf solche Sachen, wenn man anfängt zu graben …«

»Können wir jetzt die Echsen sehen?«, wollte Wuschel wissen, die in den letzten Minuten mit ihren schweren Augenlidern gekämpft hatte. Bert war einverstanden und brachte sie zwei Etagen tiefer, in den Keller. In einem dunklen Raum standen zwei hell erleuchtete Glaskästen, hübsch eingerichtet mit Zweigen, Steinen, Rindenstücken und kleinen Pflanzen. Bert führte sie näher heran.

»Normalerweise stehen sie im Wohnzimmer oben, aber morgen besucht uns meine Tante und die hat Angst vor den beiden. Ich weiß gar nicht, wieso, die tun doch keinem was. Aber wir müssen sie immer im Keller verstecken, wenn sie kommt.«

Olaf und die beiden anderen bückten sich neugierig zu den Terrarien herab, um die Reptilien sehen zu können. Weder die graugrüne Bartagame mit dem drachenartigen Kragen mit spitzgezackter Haut um den Hals noch das Chamäleon, das braun und reglos auf einem Ast saß, beachteten sie. Die beiden Tiere wirkten schläfrig. Olaf wünschte, das Chamäleon würde sich bewegen, am besten zu einem Blatt, damit es seine Farbe veränderte, doch es blieb einfach nur sitzen, rollte lediglich kurz mit dem ihm zugewandten Auge. Er hörte, dass Bert durch den Raum ging, zurück zum Eingang, wo er das Licht einschaltete. Olaf wartete noch länger, bis ihm das Bücken zu anstrengend wurde. Er richtete sich auf und drehte sich zu Bert um. Was er dann sah, verschlug ihm den Atem.

»Was ist das denn?«, entfuhr es ihm. Sein Ausruf veranlasste Latif und Wuschel, sich ebenfalls umzudrehen. Mit großen Augen sahen sie sich um.

»Ach, das Zeug gehört meinem Vater«, erklärte Bert verlegen. »Er sammelt den Kram.«

Der Raum, in dem sie sich befanden, war voll von Dingen, die mit Krieg zusammenhingen – Uniformen, Taschen, Orden, Landkarten, Kompasse, Ferngläser, eine Miniaturnachbildung irgendeiner Schlacht mit kleinen Soldaten und Panzern, und sogar Waffen und etwas, das verdächtig nach einer Panzerfaust aussah.

»Was ist das da?«, fragte Latif und deutete auf ein Regalfach, in dem sich etliche Metallstücke unterschiedlichster Form befanden.

»Das sind Bombensplitter. Mein Vater findet immer wieder welche und er kauft auch Sachen von Händlern. Hört mal …« Bert knotete verzweifelt die Finger ineinander. »Ihr müsst mir versprechen, dass ihr keinem von diesem Raum erzählt. Ich darf eigentlich niemanden hierher bringen, ich hab es nur vergessen, weil wir heute Data und Prinzessin Leia reingestellt haben und ich sie euch zeigen wollte.« Das waren wohl die Namen seiner beiden Echsen.

»Was ist mit den Waffen?«, fragte Latif weiter, ohne auf Berts Unbehagen zu achten. »Sind die geladen? Ist das legal?«

»Ich glaub schon und wir haben gar keine Munition dafür.« Bert war nun knallrot im Gesicht. »Könnt ihr mir das versprechen?«

Wuschel ging zu ihm und legte ihm freundschaftlich eine Hand auf die Schulter.

»Klar versprechen wir das. Ist überhaupt kein Problem. Und wir müssen jetzt ohnehin gehen. Wir werden zum Abendessen erwartet. Vielen Dank, dass du uns eingeladen und deine Tiere gezeigt hast. Das hat Spaß gemacht.« Sie grinste ihn an. Bert atmete sichtlich erleichtert auf.

»Okay, ich bring euch hoch, damit ihr eure Sachen holen könnt. Wir sollten nur leise sein, damit meine Mutter nichts merkt.«

Sie schlichen mit ihm in sein Zimmer, lasen ihre Taschen auf und folgten Bert anschließend mit genügend Lärm ins Erdgeschoss hinunter, wo sie sich von Frau Plöger verabschiedeten.

F R A G E : Aus welchem Material ist der Fingerhut geschnitzt, den die Detektive in einem Kästchen finden?

 Du brauchst den 1. Buchstaben.

## Kapitel 9
## Tarik räumt das Feld und Latif hat freie Bahn

»Vielleicht ist Berts Vater der Einbrecher?«, überlegte Latif im Bus, als er mit Olaf Richtung Innenstadt schaukelte, wo sie beide wohnten. Wuschel hatte sich bis zum Montag von ihnen verabschiedet, da sie eine andere Linie nahm. »Du musst zugeben, dass seine Sammlung verdächtig ist. Er ist auf jeden Fall jemand, der sich sehr für Kriege interessiert. Vielleicht ein bisschen zu sehr.«

»Ja, scheint mir auch so. Ich habe noch nie dermaßen viele Andenken aus dem Krieg bei jemandem gesehen. Er hat sich sein eigenes Museum im Keller eingerichtet. Er könnte verrückt genug sein, um heimlich auf Dachböden nach weiteren Andenken zu suchen.«

»Schade, dass wir ihn nicht kennengelernt haben. Wo er wohl ist?«

»Ich glaube, er war im Wohnzimmer. Ich habe den Fernseher gehört.«

»Allerdings ist er nicht direkt mit Frau Jahn verwandt, wenn ich das noch richtig im Kopf habe.«

Olaf lachte. »Du hast also doch zugehört, als Bert den Stammbaum erklärt hat.«

»Klar, wenigstens mit einem Ohr.« Latif grinste. »Frau Jahn ist seine Schwieger-Oma, die Großmutter seiner Frau.«

»Wenn er wirklich so wild auf den Kriegskram ist, dürfte das egal sein. Du hast Bert gehört – er sammelt nicht nur das, was in der Familie ist; er kauft sogar von Sammlern und Händlern oder geht selbst auf die Suche. Er könnte durch Berts Stammbaumrecherche von den Sachen auf dem Dachboden gehört haben. Und als er mitbekommen hat, dass wir alles aufräumen und ein Teil weggeworfen werden soll, wollte er schnell retten, was ihm wichtig erscheint.«

»Allerdings hat er die Uniform nicht mitgenommen«, warf Latif ein, »obwohl er mehrfach die Gelegenheit gehabt hätte, als er auf dem Dachboden war.«

»Vielleicht interessiert sie ihn nicht so sehr. Wahrscheinlich geht es ihm doch nur um den Schatz und um Hinweise darauf. Der Schatz könnte mit dem Krieg in Verbindung stehen. Wir wissen ja nicht, was es ist, er aber vielleicht schon. Und weil er vorsichtig ist, hat er die Uniform dagelassen, damit niemand etwas merkt.«

»Tja, momentan können wir nur Vermutungen anstellen. Was wir brauchen, sind Beweise. Zum Beispiel einen Ausdruck aus seinem Drucker.«

»Du meinst, wegen des anonymen Drohbriefes an Frau Jahn?«

Olaf nickte nachdenklich. »Das müsste doch zu schaffen sein. Wir sollten uns unbedingt überlegen, wie wir an seinen Drucker kommen.« Er sah sich schon in schwarzer Vermummung lautlos und geschmeidig in tiefster Nacht durch Berts Haus huschen, mit zwei Blättern in der Hand, die eindeutig belegten, dass sie den heimlichen Eindringling festgenagelt hatten; sah Sebastian Seelig, den Polizisten, der den niedergeschmetterten Herrn Plöger in Handschellen abführte, genoss Frau Jahns großzügige Dankbarkeit ... Olaf schüttelte den Kopf, um die Bilder zu verscheuchen. Eins nach dem anderen.

Latif stieg nachdenklich die Treppen zu der Wohnung im dritten Stock hinauf, in der er mit seiner Familie lebte. Er teilte sich ein Zimmer mit seinem älteren Bruder Tarik. Leider teilten sie sich auch den Computer, den Tarik gern in Beschlag nahm. Latif musste oft mit ihm darum kämpfen, wenn er ihn für Hausaufgaben oder Recherchen brauchte, oder einfach nur, um Mails zu schreiben oder zu spielen. Die Uniform vom Dachboden, die er mit nach Hause genommen hatte, lag in seinem Kleiderschrank auf dem Boden. Er hatte sie schon mehrmals hervorgeholt und versucht, etwas darüber herauszufinden, doch Tarik verscheuchte ihn immer wieder vom Computer. Immerhin wusste er inzwischen, dass die Uniform aus dem Ersten Weltkrieg stammte, deutsch, und mehrmals sorgfältig geflickt worden war.

An diesem Tag schien ihm das Glück endlich hold zu sein. Tarik erzählte beim Abendessen von einer Verabredung ins Kino. Die Eltern gaben zögerlich ihre Zustimmung und sein Bruder verschwand nach dem Essen im Bad, um eine halbe Stunde später geschniegelt und duftend wieder aufzutauchen.

»Triffst du dich mit einem Mädchen?«, erkundigte sich Latif neugierig, während Tarik sein Outfit am Kleiderschrank vervollständigte. Er überlegte, ob er eine Jacke anziehen sollte, und wenn ja, welche.

»Geht dich nichts an«, erwiderte Tarik. »Was meinst du? Die hier oder lieber die? In welcher seh ich besser aus?«

»Woher soll ich das wissen? Das hängt doch davon ab, wen du beeindrucken willst.« Latif verzog den Mund zu einem hinterlistigen Lächeln. Tarik wechselte zum dritten Mal die Jacke.

»Oh, na gut, wenn du es unbedingt wissen musst. Ja, es ist ein Mädchen. Die Schwester eines Freundes. Und der Freund kommt auch mit, außerdem noch ein anderer Freund. Alles klar?«

»Hm, also musst du die Konkurrenz ausstechen …«

»Was? Nein, keine Konkurrenz, Mann.«

»Aber der andere Freund …?«

»Ist nicht ihr Typ.«

»Und das weißt du, weil …?«

Tarik warf genervt beide Jacken auf sein Bett. »Ich nehme nur einen Pullover mit.«

»Es ist nicht so kalt.«

»Darum geht es doch überhaupt nicht. Echt, Latif, du schnallst es nicht.«

»Doch, klar, es geht darum, möglichst cool auszusehen. Also in dem Fall würde ich nur so gehen.« Er nickte Tariks Spiegelbild zu. Sein Bruder sah gut aus, wie er war, in Jeans und einem schwarzen langärmligen Shirt. »Ich würde mich jedenfalls sofort in dich verlieben.« Er feixte und duckte sich, als Tarik ein Paar Socken nach ihm warf. »Daneben!«

Tarik schloss den Kleiderschrank. »Mach keine Dummheiten, Kleiner. Ich merke mir alles.« Damit verließ er ihr gemeinsames Zimmer. Latif holte die Uniform hervor und setzte sich damit an den Computer.

Sowohl Jacke als auch Hose waren dunkelblau, und die Internetrecherche ergab schon bald, dass zu Beginn des Ersten Weltkrieges praktisch alle Uniformen diese Farbe gehabt hatten. Eine Stunde lang suchte Latif auf verschiedenen Webseiten nach genaueren Beschreibungen und schließlich konnte er mit Sicherheit sagen, dass die Uniform zum Infanterieregiment 124 gehörte, auch »König Wilhelm« genannt oder »das 6. Württembergische«.

Latif vertiefte sich in die Geschichte dieses Regiments, las viel darüber, wo es sich in welchem Jahr aufhielt, in welchen Schlachten es kämpfte, und wie viele Verluste es gab. Am Ende des Krieges 1918 hatte es wie andere auch versucht, die Front nach Westen zu halten, doch das deutsche Heer scheiterte und wurde zurückgedrängt, immer weiter, bis nach Belgien, zur sogenannten Antwerpen-Maas-Stellung. Von dort aus wurde nach Kriegsende die Heimkehr eingeleitet.

Latif streckte sich gähnend. Er hatte zu lange verkrampft vor dem Bildschirm gesessen. Er dachte über das rote Tagebuch und den Schatz nach. Sie wussten, dass der Tagebuchschreiber am letzten Tag vor der Rückkehr nach Deutschland heimlich aus dem Lager geschlichen und früh am nächsten Morgen mit seiner Beute wieder zurückgekommen war. Er sah noch einmal auf die Landkarte, die er aufgerufen hatte. Nun, das musste bedeuten, dass er irgendwo entlang dieser letzten Stellungslinie gewesen war. Und er konnte sich nicht zu weit entfernt haben, da er es sonst nicht in einer Nacht hin und zurück geschafft hätte. Doch was nutzte dieses Wissen? Im Moment nichts.

Er schaltete den Computer aus, legte die Uniform wieder zusammen und machte sich fertig fürs Bett. Ein bisschen frustriert fühlte Latif sich schon. Er hätte zu gern etwas so Spannendes herausgefunden wie Olaf in dem Tagebuch. Aber – er versuchte, es positiv zu sehen – sein neu erworbenes Wissen konnte durchaus einen Nutzen haben, den er jetzt noch nicht erkannte. Latif nahm einen Detektivroman zur Hand und legte sich ins Bett, um vor dem Einschlafen zu lesen. Allerdings dachte er noch lange über etwas ganz anderes nach. Da gab es etwas, das er Olaf sagen musste, und nicht nur ihm. Nein, Wuschel sollte es auch erfahren. Nur, wie? Und wann? Latif fühlte, wie sich sein Magen seltsam verknotete. Es war dumm, sich deswegen zu sorgen, natürlich, und trotzdem graute ihm davor. Er musste es so bald wie möglich hinter sich bringen, sonst würde es nur noch schwerer werden.

**FRAGE:** *Welche Farbe hat die Uniform, über die Latif Nachforschungen anstellt?*

Du brauchst den 9. Buchstaben.

Kapitel 10
## Das blonde Mädchen

Am Montag traf sich der Detektivclub wie üblich in der Hofpause – komplett, denn Wuschel hatte wieder einmal ihre Ratte dabei. Sie bemühte sich, Freddy in ihrer Kleidung versteckt zu halten, doch der vorwitzige Nager schien außergewöhnlich unternehmungslustig zu sein und kam ständig herausgeklettert. Wuschel musste alle Aufmerksamkeit auf ihr Haustier richten und bekam kaum mit, was Latif über die Uniform berichtete. Olaf entdeckte Bert in seiner üblichen Schulhofecke und sie schlenderten zu ihm rüber, um die restliche Zeit bis zum Klingeln mit ihm zu verbringen. Das blonde Mädchen sah er nicht, obwohl er die Augen offen hielt.

Der Unterricht verging ereignislos und zäh wie ein Kaugummi. Endlich läutete es zum letzten Mal und Olaf packte seine Sachen zusammen. Latif wartete auf ihn und zusammen gingen sie die Treppe hinunter ins Freie, während sie sich über ihren aktuellen Fall unterhielten. Als alles gesagt war, verabschiedete Latif sich bis zum Nachmittag, wo sie sich bei Frau Jahn treffen wollten. Doch Olafs Blick blieb plötzlich auf einer verdächtigen Person hängen.

»Hey, warte mal, siehst du das Mädchen da vorn?« Er zeigte mit dem Finger die Straße entlang auf einen blonden Haarschopf. Latif machte ein zustimmendes Geräusch. »Ich glaube, das ist die, die mir den anonymen Brief ins Heft gelegt hat.«

»Bist du dir sicher? Kannst du sie von hinten erkennen?«

»Ich denke schon. Haarfarbe und Haarlänge stimmen, die Schuhe und die Hose auch, nur das T-Shirt ist ein anderes, aber ähnlich. Und ich erinnere mich sehr gut an ihre Art zu gehen. Das ist sie ganz bestimmt.«

»Dann los, ihr nach!« Latif preschte schon davon, ehe er ausgesprochen hatte; Olaf hechtete hinterher.

Wie immer beim Rennen legte Latif unglaublich an Tempo zu und vergrößerte den Abstand zwischen sich und Olaf in wenigen Sekunden ganz enorm. Olaf war froh, dass sein Freund dieses Mal dabei war, denn er hatte die besseren Chancen, das Mädchen einzuholen, von dem er wusste, dass es selbst flink laufen konnte. Latif hatte sie fast eingeholt, als sie bemerkte, dass sie verfolgt wurde. Sie rannte sofort los und verschwand um eine Ecke, kurz nach ihr auch Latif. Olaf keuchte und strengte sich noch mehr an, um sie nicht zu verlieren. Wenn er nur seinen schweren Rucksack nicht dabei gehabt hätte! Aber Latif trug auch einen, genau wie das Mädchen, und sie waren damit trotzdem schnell.

Als er endlich die Ecke erreichte, musste Olaf anhalten und nach Luft schnappen. Er bekam gerade noch mit, wie Latif seine Hand nach dem Mädchen ausstreckte, sie an ihrem Rucksack packte und zwang, langsamer zu werden. Schließlich blieben sie stehen. Das Mädchen drehte sich zu ihm um und blitzte Latif verärgert an, sagte etwas, was Olaf nicht verstehen konnte. Sie wirkte sehr aufgebracht und überhaupt nicht verängstigt. Olaf setzte sich erneut in Bewegung und trabte auf die beiden zu. Das Mädchen entdeckte ihn und verstummte. Entsetzt starrte sie ihm entgegen. Latif hielt sie weiter fest, obwohl sie sich nicht mehr wehrte.

»Du …«, presste Olaf hervor, als er in Hörweite kam. »Du … warte mal … ich will mit dir reden.« Endlich hatte er sie erreicht und stoppte schwer atmend. Die Fremde blieb stumm. »Okay, jetzt verrate mir, wer du bist und warum du mir diesen Brief geschrieben hast!«

»Welchen Brief?«, murmelte sie mit aufgerissenen Augen.

»Willst du etwa leugnen, dass du ihn mir geschrieben hast?«, fauchte Olaf sie an. »Ich weiß ganz genau, dass du es warst!« Das Mädchen wurde bleich.

»Nein – nein, ich gebe es ja zu. Aber ich weiß echt nicht, warum dich das so aufregt. So schlimm war es doch nicht.« Ihre

Stimme zitterte leicht; abgesehen davon gefiel sie Olaf überraschend gut.

»Du hast vielleicht Nerven! Ein anonymer Brief ist ein Verbrechen!«

»Wieso sagst du dauernd was von einem Brief? Es waren doch nur ein paar Zeilen.«

»Die Länge ist wohl kaum ausschlaggebend. Also, was hast du dazu zu sagen?«

Die Gesichtsfarbe des Mädchens wechselte von blass zu pink. »Ich ... ich wollte doch nur ... dich mal kennenlernen ...«

Latif, der sie immer noch am Rucksack festhielt, mischte sich ein. »Sprecht ihr zwei wirklich von derselben Sache? Jetzt erklär uns bitte, was genau du Olaf mitteilen wolltest«, wandte er sich an das Mädchen, »und wie du heißt.«

Sie seufzte und ließ die Schultern hängen. »Mein Name ist Marie und ich gehe in die achte Klasse. Ich habe alles über den Museumsfall gelesen und weiß, dass du neu in unsere Schule gekommen bist. Ich wollte nur, dass du mir eine Mail schickst oder dass wir uns mal treffen. Ich dachte, du suchst vielleicht noch Freunde und du siehst nett aus. Ich hab dir das in dein Heft geschrieben, aber es war mir total peinlich, deshalb bin ich weggelaufen, als du mich erwischt hast.« Sie heftete ihren Blick fest auf ihre Schuhe. Olaf setzte seine Tasche ab, öffnete sie und kramte darin herum, bis er das fragliche Heft gefunden hatte. Er schlug es auf und suchte nach einer Nachricht. Tatsächlich, ziemlich weit hinten fand er ein paar hingekritzelte Zeilen und eine E-Mail-Adresse.

»Das hätte ich wahrscheinlich erst nächste oder übernächste Woche gefunden, je nachdem, wie viel ich in der nächsten Zeit schreiben muss.«

Marie zuckte mit den Achseln. Vielleicht wollte sie das oder vielleicht hatte sie in der Eile auch nicht besser nachdenken können, als sie sich sein Heft schnappte. Olaf las ihre Nachricht noch einmal und ihm wurde plötzlich unangenehm heiß. Seine Wangen kribbelten und seine Ohren juckten. Er räusperte sich, um den Frosch in seinem Hals wegzubekommen, ehe er etwas sagte.

»Na ja, gut, das ist nun wirklich nicht das, was ich meinte. Ich habe in meinem Heft einen anonymen Brief gefunden und dachte, der wäre von dir. Hast du jemanden gesehen, als du in unserem Klassenzimmer warst und das geschrieben hast? Ich meine, jemanden, der an meinem Platz war?«

»Nein, da war niemand. Ich hab extra darauf geachtet, dass mir keiner in die Quere kommt. Und dann bin ich ins Zimmer gegangen, als würde ich genau wissen, was ich tue; so wird man am wenigsten aufgehalten, weißt du? Weil die Leute denken, man hätte einen guten Grund.« Sie sah Latif an. »Kann ich jetzt bitte gehen? Ich muss nach Hause.«

Latif ließ sie los. »Ja, klar, entschuldige, dass ich dich festgehalten habe.«

»Okay.« Sie warf Olaf einen schüchternen Blick zu. »Tja ...«

»Äh, ja, ich melde mich bei dir«, versprach er schnell, obwohl er in dem Moment keine Ahnung hatte, ob er das wirklich wollte. Marie fing an zu laufen und war im Nu verschwunden.

»Deine neue Verehrerin«, grinste Latif ihn frech an.

»Hör bloß auf«, murmelte Olaf abwehrend. Mit so etwas hatte er überhaupt nicht gerechnet. Es war ihm noch nie passiert, dass ein Mädchen ihn kennenlernen wollte. Wie verhielt man sich in so einer Situation? War sie nett? War es nicht seltsam, dass sie ihm lieber heimlich ins Heft schrieb, als ihn direkt anzusprechen? Na gut, vielleicht war sie schüchtern. Trotzdem, das alles wurde ihm gerade zu viel. Er wollte mit seiner Mutter darüber sprechen und danach beten und nachdenken. Er wollte einfach nur nach Hause.

»Dumm nur, dass wir wegen des Briefes jetzt weniger wissen als zuvor«, meinte Latif, der ihn eine Weile schweigend beobachtet hatte. »Wie sollen wir herausbekommen, wer ihn geschrieben hat?«

»Wir haben doch einen Verdacht – die zwei aus Berts Klasse, die ihn auf dem Schulhof angemacht haben. Ich hätte eine Idee, wie wir uns Gewissheit verschaffen könnten, aber dazu müssten wir ihnen ein paar Dinge abnehmen – ohne ihr Wissen natürlich, wenn du verstehst, was ich meine.«

Latif stieß einen Pfiff aus. »Oh ja, ich weiß genau, was du meinst. Olaf, du überraschst mich.«

Olaf zuckte verlegen mit den Schultern.

Olafs Mutter war noch bei der Arbeit, als er nach Hause kam, deshalb musste das Gespräch mit ihr bis zum Abend warten. Er aß etwas, beschloss, nach einem Gebet nicht mehr an Marie zu denken, wenigstens bis zum Abend, denn er wollte sich unbedingt auf den Rest des roten Tagebuchs konzentrieren. Ihm blieb nicht viel Zeit, bis er wieder los musste, um zu Frau Jahn zu fahren. Trotzdem faltete er die Hände, ehe er sich an die Arbeit machte. »Lieber Herr Jesus«, murmelte er halblaut, »heute ist eine wirklich komische Sache passiert. Ein Mädchen – sie heißt Marie – hat gesagt, dass sie mich kennenlernen will. Ich weiß aber nicht, was ich davon halten soll. Sie hat sich in der Schule an meinen Platz geschlichen und mir heimlich etwas ins Heft geschrieben. Eigentlich fand ich sie ganz nett, als Latif sie heute geschnappt hatte, aber ich weiß nicht, ob ich ihr trauen kann. Und ich weiß auch nicht, was sie genau von mir will. Also, das alles ist mir eher unangenehm, wahrscheinlich auch, weil es so überraschend kommt. Ich bitte dich, mir zu zeigen, was ich tun soll und was richtig ist.« Er holte Atem, um Amen zu sagen, doch ihm fiel noch etwas ein. »Oh, und bitte hilf dem W.O.L.F.-Detektivclub, den Fall zu lösen. Er ist ziemlich schwierig. Amen.«

Zufrieden und erleichtert wandte Olaf sich dem roten Tagebuch zu. Nur noch wenige Seiten waren übrig, die er sorgfältig las und abschrieb, doch zu seiner großen Enttäuschung gab es keine Enthüllungen mehr. Er untersuchte das Buch ein letztes Mal ganz genau, um sicherzugehen, dass es keine zusammengeklebten Seiten gab oder etwas im Einband verborgen war, und steckte es ein, um es der alten Dame zurückzugeben.

Als Olaf später bei Frau Jahns Haus ankam, saß Wuschel auf dem Zaun in der ungewohnt leeren Einfahrt und wartete schon. Sobald sie ihn sah, sprang sie herunter und lief ihm entgegen.

»Ich habe etwas gefunden!«, rief sie aufgeregt. »Und ich bin sicher, dass es sich um einen neuen Hinweis handelt!« Sie strahlte ihn erwartungsvoll an. »Du wirst nie raten, was es ist!«

F R A G E :   *Was denkt Olaf, dass anonyme Briefe sind?*

 Du brauchst den 8. Buchstaben.

## Kapitel 11
## Der geheime Raum

»Es ist eine Karte des Hauses!«, jubelte Wuschel und wedelte mit einem ausgeblichenen, zusammengefalteten Papier herum. Latif war wenig später bei Frau Jahn angekommen und Wuschel hatte ihn und Olaf förmlich die Treppe hinauf auf den Dachboden gejagt, um ihnen den Fund zu präsentieren. »Ich war schon früher da und habe angefangen, nach dem Schatz zu suchen, und dabei bin ich auf diese Karte gestoßen. Sie befand sich in einer Mappe mit alten Zeichnungen, ganz unten. Sie klebte mit dem Bild darüber zusammen, deshalb wäre sie mir fast nicht aufgefallen.«

Sie faltete den Grundriss vorsichtig auseinander. Die Ränder des alten Planes sahen löchrig und brüchig aus, die Farben waren im Lauf der Jahrzehnte verblasst und das Papier hatte einen bräunlich-gelblichen Ton angenommen. Auf der rechten Seite wies es Stockflecken auf; trotzdem konnte man die Umrisse des Hauses und der einzelnen Räume noch gut erkennen. Sorgfältig angefertigte Abbildungen aller Stockwerke befanden sich auf dem Plan.

»Das ist ja super!«, meinte Latif und beugte sich fasziniert über die Karte. »Es ist alles drauf. Seht mal – hier oben ist der Dachboden eingezeichnet und darunter die anderen Stockwerke. Für jedes gibt es eine eigene Zeichnung, sogar für den Keller. Die einzelnen Zimmer sind mit drauf. Das hier ist die Küche, das Wohnzimmer, der Flur, der zur Haustür führt und die Tür.« Er deutete mit dem Finger auf den jeweiligen Abschnitt. »Da ist die Treppe hinauf, das erste Stockwerk mit ein paar Räumen und der Dachboden ohne Unterteilungen. Es ist ja auch nur ein einziger großer Raum.«

»Damit können wir den Schatz finden!«, meinte Katharina begeistert. »Wir arbeiten uns Zimmer für Zimmer durch den Plan, bis wir alles durchsucht haben.«

Olaf kratzte sich am Kopf. »Dafür würden wir Wochen brauchen. Das Haus ist groß. Und wie sollten wir das Frau Jahn erklären? Wir schaffen es gerade mal, den Dachboden noch einmal abzusuchen, auch wenn wir eigentlich mit der Arbeit fertig sind. Das fällt nicht weiter auf. Aber danach …? Nein, ich finde, wir sollten Frau Jahn den Plan geben, hier oben tun, was wir können, und ansonsten hoffen, dass wir auf einen Hinweis oder den Schatz selbst stoßen.«

Wuschel sah ihn genervt an, doch Latif nickte langsam.

»Ich fürchte fast, er hat recht, Katharina. Das ist eine Nummer zu groß für uns. Überleg mal, wie lange wir allein für den Sperrmüll in der Einfahrt gebraucht haben. Für das ganze Haus würden wir sehr viel Zeit benötigen und es wäre unmöglich, das der alten Dame zu erklären.«

»Na schön!« Wuschel nahm den Plan und faltete ihn zusammen. »Geben wir das Ding Frau Jahn und stecken lieber den Kopf in den Sand, als etwas zu unternehmen.« Wütend kletterte sie die Treppe hinunter und stampfte voraus ins Erdgeschoss und in die Küche. Ihre Auftraggeberin trug ausnahmsweise einmal nicht ihre geliebte Strickjacke, sondern einen grauen Rock und eine cremefarbene Bluse, dazu eine grellorange Halskette aus kleinen Glasperlen. Ihre Füße zierten beige Halbschuhe zum Reinschlüpfen und eine Handtasche stand auf dem Tisch bereit.

»Wie gut, dass ihr da seid!«, sagte sie zur Begrüßung, denn sie hatten sie noch nicht gesehen, jedenfalls Olaf und Latif nicht. Wuschel hatte die Tür aufgelassen und sie so schnell ins Dachgeschoss gescheucht, dass sie der alten Frau gar nicht hallo sagen konnten. »Mein Taxi muss in ein paar Minuten hier sein. Ich habe einen Arzttermin. Ihr kommt doch eine Weile allein zurecht, oder?« Die drei nickten. »Falls ihr weggeht, ehe ich zurück bin, zieht bitte die Haustür fest zu und vergewissert euch, dass sie nicht von allein wieder aufgeht. Das Schloss ist nicht mehr das beste.« Wuschel hielt ihr trotzig den Plan hin. »Was hast du denn da, Katharina?«

»Eine Karte des gesamten Hauses. Sehen Sie, hier sind alle Stockwerke und sämtliche Räume eingezeichnet.« Sie faltete den

Plan auseinander und legte ihn auf den Tisch, wozu sie die braune Handtasche ein Stück zur Seite rücken musste. Frau Jahn setzte eine andere Brille auf und studierte das alte Papier.

»Tatsächlich, ein alter Grundriss. Ich kann mich erinnern, ihn schon einmal gesehen zu haben, aber das ist viele, viele Jahre her. Er war irgendwann verschwunden und keiner wusste, wohin. Und er befand sich auf dem Dachboden, sagt ihr?«

Katharina nickte. »In einer Mappe mit alten Zeichnungen.«

»Wie er da wohl hineingeraten ist? Jedenfalls freue ich mich darüber. Er wird meinen Kindern sicher nützlich sein, wenn sie das Haus erben.«

Olaf rollte hinter ihrem Rücken mit den Augen. Schon wieder sprach sie von ihrem Tod – wenn sie das nur lassen wollte. Latif fing seinen Blick auf und zuckte mit den Achseln Frau Jahn bekam nichts davon mit und besah sich weiter den Grundriss.

»Ich erinnere mich an diese Mauer.« Sie tippte mit der Fingerspitze auf eine eingezeichnete Wand. »Seht ihr, sie ging hier durch die Küche und trennte einen kleinen Raum ab, eine Vorratskammer. Mein Mann hat sie am Anfang unserer Ehe entfernt und so die Küche vergrößert. Und früher befand sich hier eine Außentoilette.« Sie deutete auf einen kleinen Kasten an einer der Außenwände. »Das war einmal ein einziger großer Raum, aber wir haben ihn aufgeteilt und zwei Kinderzimmer daraus gemacht. Dafür haben wir dieses Zimmer vergrößert, damit mein Mann ein Arbeitszimmer hatte.« Sie fuhr auf dem Grundriss hin und her und deutete auf die verschiedenen Stockwerke. Sie verstummte und studierte nachdenklich den Plan des Kellers. »Merkwürdig, hier ist ein Raum eingezeichnet, an den ich mich nicht erinnern kann. Der Plan muss falsch sein. Vielleicht war der Raum vorgesehen, wurde dann aber nie gebaut.« Die Türklingel schellte. »Mein Taxi ist da. Seid vorsichtig, ja? Und wenn ihr Durst oder Hunger habt, findet ihr alles, was ihr braucht, im Kühlschrank. In der Dose dort drüben sind Kekse.«

Sie nahm ihre Handtasche, stellte sie in den Korb ihres Rollators und bewegte sich langsam durch den Flur zur Haustür. Kurz darauf hörte Olaf, wie die Haustür zuschlug. Als er sich umwandte, bemerkte er als erstes Wuschels glühende Wangen.

»Habt ihr gehört? Ein Raum, den es gar nicht gibt! Ein geheimes Zimmer!«

»Wieso glaubst du, da ist etwas? Frau Jahn meint doch, der Raum wäre nie gebaut worden«, warf Olaf ein.

»Sie sagte nur, dass sie sich nicht an ihn erinnern kann. Das Haus ist aber älter als sie, es wurde von ihren Großeltern erbaut.« Wuschel schien sich ihrer Sache sehr sicher zu sein. »Überlegt doch mal – das Tagebuch stammt von Frau Jahns Vater, ein Raum verschwand, ehe sie geboren wurde oder kurz danach, sagen wir innerhalb ihrer ersten drei Jahre. Ihr Vater brachte einen Schatz mit aus dem Krieg, der verschwunden scheint. Na? Geheimer Raum, verschwundener Schatz – klingelt's?«

Latif pfiff leise durch die Zähne. »Du meinst, der Schatz wurde in dem Raum aufbewahrt und dieser irgendwann zugemauert, damit ihn niemand mehr betreten konnte.«

Wuschel nickte glücklich. »Genau. Frau Jahn hat das Tagebuch nie gelesen, aber wir. Wir wissen, dass er irgendwo verborgen sein könnte.« Sie stockte. »Oh, und es würde mich nicht wundern, wenn der alte Herr Jahn den Grundriss seines Hauses absichtlich versteckt hat, damit nie wieder jemand auf die Idee kommt, dass es diesen Raum im Keller gibt, genau wie sein Tagebuch. Also, was meint ihr?«

»Auf seltsame Weise ergibt es einen Sinn«, gab Olaf zu. »Es scheint mir gerade sogar aussichtsreicher, als weiter den Dachboden abzusuchen.«

»Okay, dann sollten wir die Gelegenheit nutzen und in den Keller gehen, solange Frau Jahn nicht da ist«, schlug Latif vor. »Wir nehmen Taschenlampen mit und eine Kerze und Streichhölzer.«

Die Kerzenflamme konnte ihnen anzeigen, ob es einen Luftzug oder Sauerstoff gab; die Taschenlampen sorgten für Licht, falls es dunkel war und keine Elektrizität gab. Wuschel nahm den Hausplan erneut an sich, Latif stöberte in einer Schublade gleich alle drei

Gegenstände auf, die sie benötigten, überprüfte die Taschenlampe und war zufrieden, als er sah, dass sie funktionierte. Im Flur befand sich unter der Treppe, die nach oben führte, eine Tür – der Eingang zur Kellertreppe. Olaf öffnete sie und suchte an der Wand nach einem Lichtschalter. Als er den Knopf drehte, leuchtete ein eher schwaches Licht an der abschüssigen Decke auf. Die Stufen waren aus altem Sandstein, in der Mitte schon sehr abgenutzt und steil. Vorsichtig stiegen die Detektive hinunter in den unbekannten Keller, vorsichtshalber mit einer Hand fest am Eisengeländer an der Seite.

Je weiter sie nach unten kamen, desto kühler wurde die Luft und der Geruch wechselte zu feucht-muffig. Die kümmerliche Beleuchtung reichte gerade aus, um die Treppe zu erhellen. Am Fuß der Stufen erwartete sie ein schwarzes Loch. Olaf kam es so vor, als stiege er in eine Gruft hinab. Eine leichte Gänsehaut überzog seine Arme, doch als er hinter sich Latif und Wuschel atmen hörte, beruhigte er sich wieder. Es war doch nur der Keller einer alten Frau, und wenn Frau Jahn schon allein hier hinunterstieg, konnte er es auch. Allerdings – ging sie überhaupt jemals in den Keller? Vielleicht war sie seit Jahren nicht mehr dort gewesen.

Olaf brachte die letzte Stufe hinter sich und schaltete seine Handytaschenlampe ein. Mit dem Lichtstrahl suchte er an der Wand nach einem Lichtschalter und fand ein ebenso antikes Stück wie oben. Er drehte den Knopf herum. Eine trübe Glühlampe warf einen dämmrigen Schein auf einen kurzen Gang, von dem vier Türen abzweigten. Er ging tapfer weiter und sah in jeden Raum hinein – in einem befand sich die Heizungsanlage, die das gesamte Haus mit warmem Wasser versorgte, einer war vollgestopft mit leeren Holzkisten und Werkzeugkoffern. In einem fand er die Reste eines Kohlelagers vor – zweifellos noch aus alten Zeiten, als hier mit Kohle geheizt wurde – und im letzten Raum lagerten noch mehr alte Möbel, Koffer und Bilder; in einer Ecke stand eine Werkbank.

»Nach diesem Plan müsste sich der geheime Raum direkt hinter diesem befinden«, erklärte Wuschel unerwartet nah neben seinem Ohr. Olaf hätte vor Schreck fast einen Satz gemacht. »Siehst du? Dieser Keller diente als Durchgang. Der geheime Raum führte nicht auf den Gang wie die anderen, sondern war nur durch diesen zu erreichen.« Sie hielt ihm den Grundriss vor die Nase. Latif kam von der anderen Seite dazu.

»Dort war die Tür. Genau da, wo jetzt dieser riesige Schrank steht.«

Der schwarze, dreitürige Kleiderschrank hatte in der Tat enorme Ausmaße. Olaf ging hin und schaute ihn sich an.

»Das könnte Eichenholz sein, das ist besonders schwer.«

»Wir müssen ihn zur Seite rücken. Vielleicht haben wir Glück und die Tür ist gar nicht zugemauert, sondern nur hinter dem Schrank verborgen«, erklärte Wuschel. Olaf zog die Nase kraus.

»Glück? Das wird ein Stück Schwerstarbeit. Dieser Schrank wiegt bestimmt eine Tonne. Das ist ganz massives Holz, schau!« Er deutete auf den Durchmesser der Tür, die er geöffnet hatte. Der Schrank war auch keineswegs leer – eher bis zum Rand gefüllt mit alten Sachen und Kleidern.

»Dann ran an die Arbeit«, rief Wuschel und fing an, eines der Regale auszuräumen.

**FRAGE:** *Was findet Katharina, das W.O.L.F. bei den Ermittlungen weiterhilft?*

Du brauchst den 3. Buchstaben.

Kapitel 12
## Ein seltsamer Fund

Den Schrank zu leeren ging schneller, als Olaf erwartet hatte. Kein Wunder, sie gaben sich auch wenig Mühe, eine Ordnung zu bewahren, und stellten und legten den Inhalt einfach dorthin, wo Platz war. Als der Schrank ausgeräumt war, mussten sie neben ihm einige kleinere Möbelstücke entfernen, damit sie Platz hatten, den Schrank dort hinzuschieben. Schließlich ging es ans Drücken. Im Schein einer ebenso funzeligen Glühbirne wie schon auf der Treppe und in dem Gang draußen pressten sich die drei Detektive von einer Seite gegen das Holz und schoben, was ihre Kräfte hergaben. Als Olaf schon dachte, es sei alles vergebens, rutschte der Schrank quietschend wenige Zentimeter über den Steinboden. Schwitzend und keuchend hielten sie inne.

»Der ist viel schwerer, als ich dachte«, japste Wuschel. »Ich kann ja jetzt schon nicht mehr.«

»Tja, wir müssen aber«, erwiderte Latif. »Wenn wir es nicht schaffen, dann war alles umsonst.«

Nach einer kurzen Verschnaufpause starteten sie einen erneuten Versuch. Wieder bewegte sich das Möbelstück nur um wenige Zentimeter, ebenso bei den nächsten zwei Anläufen. Erschöpft ließen sich die drei auf dem kalten Boden nieder und ruhten sich einige Zeit aus. Latif jagte sie bald wieder hoch und kommandierte sie zurück an den Schrank. Dieses Mal rutschte er ein größeres Stück weit. Wuschel schaltete die Taschenlampe ein und leuchtete an die Wand, wo es nachtschwarz war.

»Da ist sie! Da ist sie! Seht ihr, wir hatten recht!«

Im Lichtkegel war deutlich der Rand eines hölzernen Türrahmens zu erkennen. Olaf atmete erleichtert auf. Neu motiviert machten sie sich an die mühselige Aufgabe, das hölzerne Ungetüm so weit zur

Seite zu schieben, bis der Durchgang frei wurde. Es brauchte noch mehrere Anläufe, doch schließlich schafften sie es. Olaf hatte das Gefühl, nur noch aus wabbeligem Gummi zu bestehen. Er konnte kaum sein Smartphone festhalten, als er es zur Hand nahm, um die Taschenlampen-App einzuschalten. Nun, da der Schrank zur Seite gerückt war, lag die Tür halbseitig im trüben Licht der Glühbirne, doch viel erkennen ließ sich nicht. Zu zweit leuchteten sie dorthin, wo sich der Türbeschlag befand.

»Oh nein, da ist keine Klinke dran«, stöhnte Wuschel. »Wie sollen wir denn die Tür aufbekommen?«

»Bestimmt ist sie auch abgeschlossen«, sagte Latif. Olaf sah sich den angerosteten Eisenbeschlag genauer an.

»Ich vermute, derjenige, der den Schrank davorgeschoben hat, wollte ganz sicher sein, dass niemand diese Tür benutzen kann. Deshalb hat er die Klinke abmontiert. Aber wir können vielleicht etwas tun. Hier liegt doch altes Werkzeug herum. Wenn wir einen großen Schraubenzieher finden, der in diese Öffnung passt, könnten wir die Klinke damit ersetzen.«

»Ich weiß, wo«, rief Wuschel und wirbelte davon. Latif und Olaf suchten nach einem geeigneten Gegenstand in dem Gerümpel, das sie umgab, doch ehe sie etwas finden konnten, kam Wuschel schon zurück, in der Hand einen großen Schraubenzieher mit einem eingekerbten hölzernen Griff und fleckigem Metall. Alles in diesem Haus schien alt, vieles seit Jahren ungenutzt und vergessen. Latif hob den Arm, um das Werkzeug zu übernehmen, doch Wuschel wollte lieber selbst versuchen, die Tür zu öffnen. Sie steckte den Schraubenzieher in das Loch der ehemaligen Klinke – er war groß genug – und drehte. Die Tür sprang auf. Verblüfft starrte Wuschel auf den Spalt, schließlich auf Olaf. »Die ist ja offen!«

Und dahinter lag nichts als Dunkelheit.

Bald stand fest, dass es in dem geheimen Raum keine elektrischen Anschlüsse gab. Auch sonst existierte keine Lichtquelle außer der offenen Tür, durch die ein fahler Schein drang. Die drei Detektive sorgten selbst für größtmögliche Helligkeit – Wuschel mit Frau Jahns Taschenlampe, Olaf mit seiner Handy-App und Latif mit einer kleinen LED-Taschenlampe, die er stets am Schlüsselbund trug.

»Das ist echt gruselig«, murmelte Wuschel. Im nächsten Moment stolperte sie und ihr Lichtkegel hüpfte unruhig hin und her. »Passt bloß auf, der Boden ist total holprig.« Sie leuchtete nach unten. »Kein Wunder, das ist festgetretener Lehm mit Steinen drin.«

»Wenn wir mit unserer Vermutung recht haben, dann wurde dieser Raum seit etwa 1920 nicht mehr betreten«, staunte Olaf. »Das sind fast hundert Jahre!«

»Der Hammer!« Latifs dünner Lichtstrahl wanderte über eine Wand, während er sich vorsichtig vorwärts tastete. »Alles voller Spinnweben, schaut mal.«

Er klang fasziniert, während es Olaf kalt über den Rücken lief. Er wollte sich lieber nicht vorstellen, dass er mit den Fingern – oder noch schlimmer, dem Kopf – dazwischen geriet. Im nächsten Moment überkam ihn ein Zittern, als ihm einfiel, dass jeden Moment eine Spinne von oben auf ihn herunterfallen konnte. Hastig riss er sein Licht nach oben, um die Decke abzusuchen. Kein achtbeiniges Ungeheuer zu sehen, jedenfalls, soweit seine Beleuchtung reichte. Allerdings hingen alte, zusammengeklumpte Spinnweben wie dicke schwarze Fäden herunter, weit genug, dass sie ihm übers Haar streichen konnten. Er schluckte und unterdrückte ein Stöhnen.

»Was könnte hier sein, das jemand für alle Zeiten verstecken wollte?«, wunderte sich Katharina. »Bisher sieht der Raum leer aus.«

»Irgendetwas muss aber hier sein«, erwiderte Latif. »Wir haben noch nicht alles abgesucht, du bist zu ungeduldig.«

Wuschel schenkte ihm ein »Pfff« und setzte ihre Wanderung fort.

»Da hinten ist etwas«, warf Olaf ein, der sich sehr bemühen musste, nicht mit den Zähnen zu klappern. »Eine Kommode oder so.« Er richtete seinen Lichtstrahl in die Ecke, sodass es die anderen auch sehen konnten.

»Und das ist alles?« Katharina klang enttäuscht.

»Schätze schon. Sehen wir nach, was drin ist«, schlug Olaf vor und näherte sich dem kleinen Schrank mit langsamen Schritten, um nicht hinzufallen. Der Boden war wirklich sehr uneben und unangenehm, weil man nicht sah, wo man hintrat.

Der fast hüfthohe, schmale Schrank besaß zwei Türen und obendrüber eine Schublade. Seine besten Zeiten hatte er längst hinter sich – er stand schief und verbeult, schien vollkommen verzogen und wies Risse und Spalten in allen Brettern auf. Latif rüttelte probehalber daran.

»Sieht aus, als würde er jeden Moment zusammenbrechen. Wir setzen uns alle drauf und machen ihn kaputt.« Er versuchte, die Schublade und die Türen zu öffnen, erreichte aber nichts, zumal alle abgeschlossen schienen und auch hier der Schlüssel entfernt worden war. Olaf schüttelte den Kopf.

»Nee, ich hole lieber ein Werkzeug.«

Er machte sich auf den Weg, ließ seinen Lichtstrahl über den Boden gleiten und folgte ihm bis zur Tür. Als er in den kümmerlich beleuchteten nächsten Raum trat, fühlte er sich erleichtert. Olaf marschierte zu dem Kellerteil, wo sie das Werkzeug und die leeren Kisten gesehen hatten. Er wollte gerade eintreten, als er erstarrte. Sein Herz pochte heftig, während er angestrengt lauschte. Nach einer Weile wagte er es, wieder zu atmen. Er musste sich das eingebildet haben – dieses leise Schlurfen, als würde jemand eilig davonhuschen. Er zwang sich, seine Taschenlampe zu heben und damit die Umgebung abzuleuchten. Wieso hatten sie vorhin die Lichter wieder ausgeschaltet? Ihm war so, als würde in der Dunkelheit etwas auf ihn lauern.

Totaler Quatsch, redete er sich zu, da ist nichts. Es ist dunkel, das ist alles. Vielleicht – ja, vielleicht hatte Wuschel Freddy mitgebracht und er war ihr wieder einmal entwischt! War Freddy ihm hierher gefolgt? Olaf versuchte zu lächeln, obwohl er tief im Herzen wusste, dass eine Ratte niemals solche Geräusche verursachen konnte. Er knipste das Licht in dem Werkzeuglager an. Die Schatten zogen sich in die Ecken zurück. Olaf kam es so vor, als vibrierten sie, als wollten sie hervorspringen und ihn mit sich reißen. Die Gänsehaut wollte nicht mehr weggehen und er beeilte sich, so gut er konnte. Er griff das Erstbeste, was ihm in die Hände fiel, und machte sich aus dem Staub.

»Eine Axt?«, fragte Latif verblüfft, als Olaf endlich wieder zu ihnen stieß. »Konntest du nichts anderes auftreiben?«

»Nein«, murmelte Olaf außer Atem, ehe er sich an Wuschel wandte. »Hast du Freddy dabei?

»Ja. Warum?«

»Wo ist er?

»Hier, in meiner Jackentasche. Wieso fragst du?«

»Nur so. Ich habe da drüben ein Geräusch gehört und dachte, er sei mir womöglich hinterhergelaufen.«

»Nein, das hätte ich gemerkt; er wäre an mir herunter- und später wieder hinaufgekrabbelt.«

»Dann habe ich mir das doch nur eingebildet.«

»Bestimmt. Alte Keller sind voll unheimlicher Geräusche.«

Olaf fühlte sich nur wenig besser und konzentrierte sich lieber auf Latif, der die Axt in die Höhe schwang. Olaf und Wuschel leuchteten auf den Schrank. Latif ließ die rostige, stumpfe Klinge hinabsausen und das Holz leistete keinen Widerstand. Ganz im Gegenteil – das Möbelstück zerkrümelte nach diesem ersten, festen Hieb beinahe.

»Tja, ich hoffe, wir müssen den nicht ersetzen«, meinte Latif und bückte sich, um den zersplitterten Bretterhaufen zu untersuchen. »Wir zerstören ganz schön viel in diesem Fall.«

»Der Schrank wäre ohnehin nicht mehr zu gebrauchen gewesen«, tröstete Wuschel ihn. »Und die Schachtel mit dem doppelten Boden war auch schon alt und kaputt.«

Zu dritt stocherten sie in den Überresten herum und versuchten, sich nicht zu verletzen. Wuschel entdeckte als Erste etwas.

»Da, schaut mal, ein kleines Paket.«

Sie zog es heraus und schüttelte den Schmutz ab. Olaf leuchtete es an. Mit Packpapier eingewickelt, das sich auflöste und abblätterte, und mit einer Schnur zusammengebunden, hatte es etwa die Größe eines dicken Buches. Latif zog ein Taschenmesser hervor und zerschnitt die Schnur. Wuschel faltete mit spitzen Fingern das Papier auseinander.

Das Knallen der Tür ließ sie hochfahren und Olaf das Herz in die Hosentasche rutschen. Reflexartig richteten alle drei ihre Lampen dorthin, wo sie hereingekommen waren. Die Öffnung war verschwunden, von draußen klangen laute Geräusche herein und sie ließen keinen Zweifel offen, was vor sich ging – jemand schob den schweren Eichenschrank an seinen alten Platz zurück.

F R A G E :   *Womit kann man eine Tür öffnen, die keine Klinke hat?*

Du brauchst den 13. Buchstaben.

## Kapitel 13
## Freddy wird zum Lebensretter

»Nein, nein, nein! Nicht schon wieder!«, schrie Wuschel auf und lief zur Tür, wobei sie zweimal über den Boden stolperte. »Wie konnte das passieren? Olaf!«, fuhr sie ihn wütend an. »Du hast gesagt, du hättest jemanden gehört. Warum hast du das nicht ernst genommen?«

Olaf zuckte hilflos mit den Schultern, doch das konnte natürlich niemand sehen. Stumm und fassungslos stand er da und starrte auf Wuschels Taschenlampe. Draußen hörte der Lärm auf. Sie saßen fest. Ihm war eisig kalt und gleichzeitig schwitzte er.

»Wir sollten nur noch eine Lichtquelle benutzen, solange wir nicht wissen, wie es weitergeht«, meinte Latif. Olaf staunte über seinen klaren Kopf und dass er in diesem Moment so viel Vernunft aufbringen konnte, doch er hörte auch, dass Latifs Stimme nervös krächzte. »Wir müssen die Batterien schonen.«

»Gibt es hier Empfang fürs Handy?« Wuschel zog ihr Telefon heraus und sah darauf. »Natürlich nicht«, schnaubte sie. »Wäre ja auch zu leicht gewesen.«

Olaf schaltete sein Telefon ganz aus, genau wie die anderen beiden. Latif knipste außerdem seine Taschenlampe aus, sodass nur noch Frau Jahns Lampe leuchtete. Ihr Lichtstrahl wirkte auf einmal verdächtig schwach. Olaf kämpfte erneut mit aufsteigender Panik. Kein Grund, nervös zu werden, ermahnte er sich, wir haben noch eine ganze Weile Licht. Zwei Taschenlampen und drei Handys, das ist eine Menge. Wir werden nicht im Dunkeln sitzen, jedenfalls nicht in den nächsten Stunden. Plötzlich fiel ihm etwas ein.

»Hast du die Kerze noch?«

Latif murmelte zustimmend und drückte sie ihm zusammen mit den Streichhölzern in die Hand. Olaf zündete die Kerze an und suchte sich ein kleines Brett, worauf er sie mit etwas Wachs festklebte. Das platzierte er auf dem Boden.

»Gute Idee«, meinte Wuschel. »Wir können später auch das Holz der Kommode verbrennen und so immer für Licht sorgen. Ein bisschen mehr Wärme wäre zudem nicht schlecht.«

»Ich weiß nicht, ob wir das wirklich tun sollten«, warf Latif ein. »Wir könnten ein Problem mit dem Rauch bekommen, wenn der hier nicht abziehen kann. Außerdem verbrauchen die Flammen viel Sauerstoff. Es wäre schlecht, wenn wir uns selbst ausräuchern.«

»Das kann nicht Frau Jahn gewesen sein, oder?«, fragte Olaf, der sich nicht vorstellen konnte, wie die alte Frau den Schrank bewegt haben sollte. »Aus Versehen oder so …«

»Ganz bestimmt nicht«, widersprach Wuschel entschieden. »Das würde sie niemals tun.«

»Ich tippe auf den Eindringling, der nachts den Dachboden durchsucht«, entgegnete Latif. »Er muss gewusst haben, dass Frau Jahn nicht im Haus ist.«

Wuschel schnalzte entrüstet mit der Zunge. »Der Typ ist vollkommen skrupellos! Nachts bricht er ein, er versetzt eine liebe alte Frau in Angst und Schrecken und nun überlässt er drei Kinder dem Tod!«

Olaf wünschte sich, sie hätte das nicht gesagt. Es machte ihre Situation um keinen Deut besser, wenn sie ans Sterben dachten. Er musste sich ablenken. »Wir haben noch nicht nachgesehen, was in dem Paket ist. Im Moment haben wir sowieso nichts Besseres zu tun …«

Als sie sich um das Päckchen versammelten und Wuschel das Papier erneut zur Seite schob, sah er, dass ihre Finger stark zitterten. Sie war also doch nicht so gelassen, wie sie tat. Latif hielt die Taschenlampe und auch deren Lichtstrahl flackerte unruhig. Was Wuschel nun auseinanderfaltete und in die Höhe hielt, verblüffte sie alle.

»Babyklamotten? Deswegen der ganze Aufwand mit dem Schrank, der Tür, dem versteckten Keller?« Wuschel klang fassungslos.

»Ist sonst nichts in dem Paket?«, erkundigte sich Latif. Wuschel besah und betastete ihre Fundstücke noch einmal ganz genau.

»Nein, das ist alles. Ein Hemdchen, eine Strampelhose, ein Jäckchen und eine Mütze. Sehr klein und offensichtlich auch sehr alt. Jacke und Mütze sind garantiert selbst gestrickt, das sieht man.«

»Wieso versteckt jemand Babykleidung hier unten?«, rätselte Olaf laut. »Normalerweise heben die Eltern so etwas als Andenken auf und verbergen es nicht. Es sei denn ...« Er hielt inne und überlegte. »Es sei denn ...« Er betrachtete nachdenklich die Kleidungsstücke und merkte, wie Wuschel ungeduldig wurde. »Vielleicht war es so, dass Frau Jahns Eltern ein Kind verloren haben. Das könnte durchaus sein. Früher starben sehr viele Kinder, solange sie noch klein waren. Vielleicht war es das lang ersehnte erste Kind, über das sie sehr glücklich waren, und dann starb es. Sie wurden mit dem Schmerz nicht fertig, aber verbrennen oder hergeben wollten sie die Kleider auch nicht, deshalb haben sie sie hier deponiert und so eine Art Gedenkgruft angelegt.«

»Klingt logisch«, stimmte Latif zu. »Sie haben alles hier verriegelt, um damit abzuschließen, aber doch nicht so, dass keiner mehr die Möglichkeit hätte, herzukommen. Und sie haben nie davon gesprochen und den Grundriss des Hauses versteckt, damit die Erinnerung an den Schmerz begraben wird.«

»Okay, schöne Geschichte, aber wie kommen wir heraus?« Wuschel packte die Kleidungsstücke zusammen und stopfte sie in ihre freien Jackentaschen. Danach sah sie ziemlich ausgebeult aus.

»Gute Frage«, seufzte Latif. »Die Tür können wir vergessen. Die geht nach außen auf und da steht dieser schwere Schrank davor.«

»Wir haben eine Axt.«

»Ja, aber die ist total stumpf. Damit würden wir eher Dellen in das dicke Holz schlagen als sonst was. Außerdem ist sie locker. Aber wir können es probieren, wenn uns nichts Besseres einfällt.«

Olaf verfolgte die kurze Unterhaltung schweigend, während er auf die Kerzenflamme starrte. Es schien aussichtslos – in einem gemauerten Raum ohne Fenster, die einzige Tür verbarrikadiert, ein beinahe nutzloses Werkzeug war ihr einziges Hilfsmittel. Die Flamme flackerte unruhig hin und her und Olaf begann sich Sorgen zu machen, dass sie ausgehen würde. So klein sie war und obwohl sie noch andere Lichtquellen hatten – sie spendete ihm Trost und innere Wärme. In seinen Gedanken wandte er sich an Gott und bat ihn, sie irgendwie aus dem Keller herauszubringen, und das am besten bald und lebendig.

Würde Frau Jahn merken, dass etwas nicht stimmte, wenn sie zurückkam? Das Haus wäre leer. Sie würde annehmen, dass sie nach Hause gegangen wären. Auf dem Dachboden konnte sie nicht nachsehen, sonst müsste ihr auffallen, dass ihre Jacken und Wuschels Umhängetasche noch dort lagen. Nein, Frau Jahn würde nicht nach ihnen suchen, jedenfalls nicht an diesem Tag. Die Eltern würden als Erste merken, dass die Kinder nicht kamen, und schließlich die Polizei alarmieren. Das würde sie zu Frau Jahns Haus führen. Wuschels Eltern vermutlich schon früher, die wohnten ja nur nebenan. Aber würde irgendwer auf die Idee kommen, das Haus zu durchsuchen? Im Keller den Schrank von der Wand zu rücken? Wahrscheinlich nicht. Das Holz von Schrank und Tür war so dick, dass sie vielleicht gar nicht mitbekamen, wenn sich nebenan jemand aufhielt, außer, derjenige würde schreien.

Wieso flackerte diese Kerze nur so unnötig? Olaf flehte sie stumm an, nicht auszugehen. Na gut, er verfügte noch über ein paar Streichhölzer, immerhin. Die Flamme tanzte munter weiter. Sie zuckte und züngelte – Olaf runzelte die Stirn, als er spürte, dass sich ein Geistesblitz ankündigte.

»Die Kerzenflamme flackert!«, rief er aus. Wuschel und Latif sahen ihn fragend an. »Versteht ihr? Sie flackert! Und warum tut sie das?«

»Ein Durchzug!«, fiel Wuschel ein. »Und einen Durchzug gibt es nur dort, wo Luft hereinkommen kann. Der Raum kann also nicht so dicht sein, wie wir dachten!«

»Ja, stimmt«, antwortete Latif. »Wenn wir wirklich nur Mauerwerk umgeben von Erdboden hätten, dürfte es keinen Luftzug geben. Es muss also außer der Tür noch eine andere Öffnung existieren.«

»Ein alter Zugang von draußen vielleicht?«, überlegte Wuschel begeistert. »Das wäre doch möglich, wenn es einen geheimen Raum gibt.«

»Allerdings war auf der Karte kein Zugang eingezeichnet, der Raum dagegen schon«, gab Olaf zu bedenken.

»Warum hätten sie ihn einzeichnen sollen, wenn er für das Haus keine Rolle spielte?« Wuschel ließ sich nicht von der Idee abbringen und es war tatsächlich eine Hoffnung, an die sie sich klammern konnten. Olaf widersprach nicht weiter und auch Latif nickte lediglich.

»Nur, wie finden wir diese Öffnung?«, fragte Olaf ratlos. Wuschel verblüffte ihn.

»Freddy kann das.«

»Wirklich?«, staunte Latif.

»Ja, Ratten sind in der Lage, kleinste Öffnungen zu finden und sich ihren Weg zu suchen. Ratten werden sogar darauf trainiert, Kabel durch Wände zu ziehen, weil sie so geschickt sind und sich überall durchquetschen können.«

»Jetzt bin ich aber gespannt«, sagte Olaf. Wuschel hob Freddy aus ihrer Tasche heraus und streichelte ihn. Er sah munter in die Gegend und wackelte mit seiner kleinen Nase. Wuschel gab ihm einen sanften Kuss aufs Fell und setzte ihn auf den Boden. Neugierig fing der kleine Nager an, die Umgebung zu erkunden. Eilig schien er es nicht zu haben, denn er ließ sich viel Zeit. Olaf stöhnte, was ihm einen strafenden Blick der Rattenbesitzerin einbrachte. Freddy lief gemächlich hin und her und näherte sich dabei immer mehr einer Wand. Wuschel versuchte, ihn mit kleinen Anfeuerungsrufen zu motivieren, aber ihr Haustier blieb unbeeindruckt. Als Freddy sich schließlich doch von ihr ablenken ließ und zu ihr gelaufen kam, weil er dachte, es gäbe Futter, ließ sie es sein. Stumm beobachteten sie, wie die Ratte ihre Erkundung fortsetzte.

Olaf fragte sich, ob Wuschel womöglich zu viel versprochen hatte, nachdem Freddy ziellos zu bleiben schien und lediglich die Wand von vorn bis hinten beschnüffelte. Doch dann änderte das Tier sein Verhalten. Es schnupperte interessiert an einer bestimmten Stelle und schließlich, als es beschloss, zu graben und die Zähne einzusetzen, triumphierte Wuschel.

»Genau da!«

F R A G E : *Als die Detektive sich in dem geheimen Raum aufhalten, werden sie von einem Unbekannten _ _ _ _ _ _ _ _ _ _ _ ?*

Du brauchst den 1. Buchstaben.

Kapitel 14
................................................................

# Die Ungewissheit eines langen, dunklen Tunnels

Zaghaft holte Latif mit der Axt aus und ließ sie gegen das Mauerwerk fallen. Zwei Ziegelsteine rutschten ein Stück nach hinten. Latif setzte die Axt ab und besah sein Werk.

»Oh, das hätte ich nicht erwartet. Ich dachte, wir könnten nie und nimmer etwas ausrichten. Aber so, wie das aussieht, ist es hintendran tatsächlich hohl und die Mauer nur behelfsmäßig eingefügt.«

»Sag ich doch.« Wuschel klang sehr zufrieden. Sie hatte Freddy auf dem Arm und strich ihm immer wieder stolz über das Fell. »Meine süße kleine Spürnase«, trällerte sie ihm zu.

Latif führte einen zweiten, festeren Hieb aus und schaffte es, einen der Steine so weit nach hinten zu schieben, dass er herausfiel. Ein erstes Loch klaffte in der Wand. Nun hieß es, sich anstrengen und jeder von ihnen war mindestens einmal mit der Axt dran. Sie war schwer und die Arme wurden ihnen dabei lahm, ein Loch zu schaffen, durch das sie klettern konnten, doch schließlich war es vollbracht. Nacheinander sahen sie in die schwarze Leere dahinter und versuchten, mit dem Licht der Taschenlampe etwas zu erkennen. Viel gab es nicht zu sehen – Erdboden und den Anfang eines gemauerten Ganges.

»Da sollen wir rein?«, erkundigte sich Olaf zweifelnd, obwohl er genau wusste, dass das ihr einziger möglicher Weg nach draußen war. Trotzdem fand er die Aussicht darauf, ins Ungewisse zu marschieren, bedrückend.

»Sieht so aus, als würden wir durchpassen. Der Gang scheint zwar schmal und niedrig zu sein, aber notfalls können wir auf allen vieren krabbeln«, bestätigte Latif, der sich als Letzter umgesehen und gerade eben seinen Kopf wieder zurückgezogen hatte.

»Na, dann los«, meinte Wuschel und verstaute Freddy in ihrer Jackentasche.

»Moment.« Olaf verspürte den überwältigenden Wunsch, den Beginn der Exkursion so lange wie möglich hinauszuzögern. »Haben wir das auch genau durchdacht? Wir wissen nicht, wo uns dieser Gang hinführt. Was erwartet uns am anderen Ende? Vielleicht versperrt uns dort etwas den Weg?«

Wuschel zuckte ungeduldig mit den Achseln. »Das werden wir nur herausfinden, wenn wir nachsehen.«

»Und wenn der Gang einstürzt, während wir unterwegs sind?« Olaf zögerte noch immer. »Da war vermutlich hundert Jahre oder länger niemand mehr drin, um ihn abzusichern.«

Latif nickte. »Du hast recht, es wäre leichtsinnig, wenn wir uns alle zusammen auf den Weg machen. Wir sollten einzeln gehen, und wenn einer verschüttet wird, können die anderen versuchen, ihm zu helfen.«

Olaf schluckte. Die Aussichten wurden ja immer schlimmer! Nicht nur, dass Latif seine Befürchtungen bestätigte – nun schlug er auch noch vor, dass sich jeder allein durchkämpfte. Er fühlte, wie seine Hände feucht wurden.

»Jeder von uns hat eine Taschenlampe. Wir sollten auch die Kerze und die Axt mitnehmen. Das ist unsere einzige Ausrüstung; vielleicht brauchen wir sie noch.« Latif warf einen kurzen Blick auf Olaf. »Ich gehe als Erster und nehme beides mit. Dann folgt Wuschel mit Freddy, und schließlich Olaf. Wir gehen in Abständen von zehn Minuten. Falls es ein Problem gibt, kehren wir hierher zurück. Alles klar?«

Wuschel öffnete den Mund, um zu widersprechen, schloss ihn aber wieder und nickte. Olaf bewegte den Kopf, hatte jedoch den Eindruck, dass er ihn eher schüttelte. Latif nahm die Kerze und blies sie aus, steckte sie ein und schaltete seine kleine Taschenlampe an. Er kletterte durch die Maueröffnung.

»Warte!«, rief Olaf schnell. Latif streckte den Kopf herein.

»Was ist?«

»Wir sollten noch mal überprüfen, ob wir alle genug Licht haben.«

Wuschels und Latifs Taschenlampen funktionierten und sein Handy hatte noch genug Akkuladung für ein paar Stunden.

»Okay, dann bis später.« Latif drehte sich um und ging gebückt los, Wuschel leuchtete ihm mit der Taschenlampe hinterher, doch er war schnell verschwunden. Sie seufzte.

»Ist das nicht irre, was wir immer erleben, Olaf? Ich hätte nicht gedacht, dass ein Detektivclub so aufregend ist.« Sie klang begeistert.

»Ja, echt spannend«. Olaf fand sich selbst nicht überzeugend. Klar, sie stießen auf mehr Abenteuer als gedacht, aber eigentlich war er gar nicht so abenteuerlustig veranlagt. Er mochte es, zu Hause warm, trocken und gemütlich zu sitzen und zu lesen oder am Computer zu spielen oder sich Gedanken zu machen und zu tüfteln. Er forschte gern und fand Neues heraus, allerdings am liebsten in Sicherheit und ohne Gefahr. Katharina war das glatte Gegenteil von ihm, immer bereit, sich ins Unbekannte zu stürzen und etwas zu wagen. Latif kam irgendwie mit allem zurecht. Und die beiden zogen ihn einfach mit. Wenn er ehrlich war – und das versuchte er stets zu sein –, dann wollte er nichts davon verpassen, auch, wenn er sich gelegentlich fürchtete. So wie jetzt.

Als die ersten zehn Minuten um waren, sah Wuschel ihn grinsend an und umarmte ihn kurz aufmunternd. Durch den Stoff fühlte er Freddy an seinem Bauchnabel zappeln.

»Wird schon klappen«, meinte Wuschel und bückte sich durch das Loch. Auch sie geriet viel schneller als ihm lieb war aus seiner Sichtweite. Nun saß er ganz allein in diesem Keller – nur mit seinem Handy. Wenigstens produzierte die Taschenlampen-App ein helles Licht. Was sollte er tun, wenn sie ausging? Er schaltete das Licht in den Sparmodus. Es genügte, wenn er es unterwegs wieder in voller Stärke nutzte.

Die Minuten schlichen dahin. Erstaunlich, wie lang die Zeit einem werden konnte, wenn man darauf wartete, dass sie verging.

Rein gefühlsmäßig kam es ihm so vor, als sei Latif schon vor einer Stunde aufgebrochen und Wuschel vor mindestens einer Viertelstunde. Doch die Uhr verriet ihm, dass es erst sieben Minuten waren. Er schwitzte und tigerte unruhig hin und her, sein eigener Herzschlag zeigte ihm, wie nervös er war. Es fühlte sich an, als flatterte sein Herz mitsamt den Innereien in seinem Leib umher. Er sah auf seine Armbanduhr. Acht Minuten. Er stöhnte. Wann ging es endlich los?

Er wollte sich ablenken und beleuchtete die Trümmer des Schrankes. Vielleicht fand er noch etwas. Er schob das zersplitterte Holz mit dem Fuß herum. Nein, nichts. Neun Minuten. Die letzte Minute verbrachte er damit, dass er laut die Sekunden zählte, angefangen von 60 rückwärts. Als er bei 0 war, zeigte seine Uhr immer noch zwanzig Sekunden an. Egal, er wollte nicht länger warten. Olaf schob sich durch die Mauer in den Gang und schaltete sein Licht auf volle Stärke.

Dass er den Kopf einziehen musste, um vorwärtszukommen, gefiel Olaf gar nicht. Als ob es nicht beängstigend genug war, sich durch einen unbekannten Tunnel einem ungewissen Ziel entgegenzuarbeiten, war dieser Gang auch noch so niedrig. Olaf hielt seine Hand vor sich und leuchtete den Boden und die Decke ab. Er wollte weder stolpern und hinfallen, noch sich den Kopf anstoßen. Das Mauerwerk sah alt und bemoost aus, schien aber intakt. Er wagte es nicht, probehalber dagegen zu drücken. Lieber nichts zum Wackeln bringen, das noch stand. Die Wände gingen ein Stück senkrecht nach oben, ehe sie sich nach innen wölbten und über ihm die Decke formten. Er fragte sich, wieso überhaupt jemand einen Durchgang wie diesen gebaut hatte. Wirklich sonderbar.

Die ersten zwanzig Meter kam er gut voran, trotz der Beklemmung, die er verspürte. Er tröstete sich mit dem Gedanken, dass Latif und Wuschel vor ihm denselben Weg genommen und es offenbar überlebt hatten. Jedenfalls hatte er bisher keine Hinweise von ihnen gefunden, hinterlassene Zeichen oder Ähnliches. Alles schien in Butter zu sein. Einfach weitergehen.

Plötzlich kam eine Kurve und die Decke wurde so niedrig, dass er auf Händen und Knien weitermachen musste. Olaf versuchte, sein Handy mit dem Mund zu halten, doch es gelang ihm nicht. Er musste es in der Hand halten und trotzdem vorwärtskommen. Glücklicherweise wurde der Gang nach ein paar Metern wieder höher und er konnte sich aufrichten. Dafür ging es nun bergab. Olaf versuchte, sich zu erinnern, in welche Richtung er ging, doch es war zwecklos. Er hatte jegliche Orientierung verloren.

Als der Boden wieder eben wurde, stand er überraschend vor der brennenden Kerze, den Streichhölzern und einer Kreuzung. Der Gang teilte sich auf. Was nun? Sollte er nach rechts oder nach links gehen? Die Kerzenflamme flackerte im Luftzug. Clever von Latif, sie als Wegweiser zu benutzen. Zweifellos hatten die anderen beiden den Gang genommen, aus dem der leichte Windhauch kam, also rechts. Olaf hob Streichhölzer und Kerze auf und pustete sie aus. Er ließ das flüssige Wachs abtropfen und steckte sie ein. Weiter ging es.

Ganz allmählich wurde Olaf klar, dass er bergauf marschierte. Die Steigung verlief so sanft, dass er es nicht gleich bemerkt hatte. Er sah nach, wie lange er schon unterwegs war. Zwölf Minuten. Die Steigung blieb schwach aber gleichmäßig, Olaf ging minutenlang ohne Probleme weiter. Und dann, als er sich ungeduldig fragte, wie lange es noch dauern würde, bis er irgendein Ziel erreichte, drangen zum ersten Mal wieder Stimmen an sein Ohr. Wuschel und Latif! Er legte einen Zahn zu, die Stimmen wurden lauter. Und endlich, endlich sah er sie!

»Hey, wir haben es geschafft!«, jubelte Wuschel. Latif verpasste ihm einen freundschaftlichen Hieb auf die Schulter, der ihn fast aus dem Gleichgewicht brachte. Olaf sah sich um.

»Wo sind wir hier?«

»Tja, das ist ein kleines Problem«, erklärte Latif. »Wir stehen offenbar vor einer Tür, die in jemandes Haus führt.«

»Wieso? Ist sie abgeschlossen?«

»Nein, sie ist offen, aber wir sind nicht allein.« Wuschel schob die Hände in die Taschen. »Die Bewohner sind zu Hause. Die Tür befindet sich zwar in deren Keller, aber man kann sie hören, wenn man draußen lauscht. Oben läuft Musik.«

»Oh«, machte Olaf überrascht. Eine dumme Wendung, tatsächlich. Wenn sie überraschend aus dem Keller fremder Leute auftauchten, würde das eine Menge unangenehmer Fragen nach sich ziehen, wahrscheinlich Anrufe bei den Eltern und am Ende sogar eine Begegnung mit der Polizei.

»Ja, frei und doch gefangen«, seufzte Katharina theatralisch.

FRAGE: *Was braucht man dringend, wenn man im Dunkeln festsitzt?*

Du brauchst den 2. Buchstaben.

Kapitel 15

# Dieses Biest ist ein Verräter

»Ich schlage vor, wir warten ab, bis alle schlafen gegangen sind«, sagte Latif. Olaf wollte lieber nicht daran denken, was seine Mutter sagen würde. Wenigstens hatten sie hier Handyempfang und konnten SMS an ihre Eltern schicken, um ihnen mitzuteilen, dass sie erst spät nach Hause kommen würden. Aber auch das würde viele Fragen und unerfreuliche Maßnahmen nach sich ziehen.

»Ich weiß nicht, wie es euch geht, aber ich möchte lieber nicht erst mitten in der Nacht nach Hause kommen. Dann ist es für die nächsten Tage aus mit der Detektivarbeit.« Schon allein die Aussicht auf Hausarrest ließ Wuschel düster klingen. Olaf pflichtete ihr bei.

»Ich würde ebenfalls lieber nichts riskieren. Denkt nur an das Theater beim letzten Mal, als wir nachts unterwegs waren. Meine Mutter bringt es fertig und verbietet mir den Detektivclub.«

Latif hob fragend die Hände. »Ihr habt ja recht, aber was sollen wir sonst tun? Einfach hochgehen und hallo sagen?«

»Nein, das ist genauso unmöglich und würde dieselben Konsequenzen nach sich ziehen«, widersprach Olaf. »Wir müssen uns rausschleichen. Gibt es in diesem Keller denn keine Fenster?«

Katharina huschte hinaus, ehe sie wussten, was sie vorhatte. Im Nu war sie wieder zurück und schloss die Tür hinter sich.

»Also, da sind Fenster, aber davor sind Schächte, die in den Garten führen. Wir müssten irgendwie hinaufkommen, wenn wir draußen sind.«

»Ich glaube, das schaffen wir«, meinte Latif zuversichtlich. Olaf ächzte innerlich. Noch mehr sportliche Höchstleistungen, die da von ihm verlangt wurden. Er war noch nie irgendwo hochgekommen, weder am Seil in der Schule noch auf einen Baum oder eine höhere Mauer. Latif ja, der spielte Fußball und konnte sicher gut springen; Wuschel kletterte dauernd auf große Pferde und bestimmt auch auf sämtliche Bäume in ihrem Garten; aber er, er war nicht der sportliche Typ, eher der genussfreudige. Unwillkürlich strich er sich über den Bauch.

»Wir dürfen uns nur nicht erwischen lassen«, zischte Wuschel und vergrößerte damit sein Unbehagen mühelos ums Hundertfache. »Versuchen wir es.« Sie öffnete die Tür und schob sich hinaus. Latif und Olaf folgten.

Der Keller musste ebenso alt sein wie der von Frau Jahn, doch er war modernisiert worden. Sauberer, hellgrau gestrichener Betonboden und verputzte weiße Wände empfingen sie. Zwei Fenster befanden sich in der Außenwand. Beide wirkten erschreckend schmal.

»Was tun wir, wenn jemand hereinkommt?«, wisperte Olaf.

»Wir erklären einfach, warum wir hier sind«, schlug Wuschel vor.

»Vielleicht lässt sich die Tür verriegeln?«, fragte Latif und ging nachsehen. »Nein, abschließen kann man sie nicht, aber wir könnten etwas davorstellen, dann kommen sie nicht so leicht herein.«

»Ich weiß nicht …«, murmelte Olaf. »Sie werden denken, dass jemand eingebrochen ist, wenn die Tür verbarrikadiert wurde und das Fenster offen ist.«

»Dabei sind wir nur ausgebrochen«, kicherte Katharina.

»Na schön, dann eben so«, erwiderte Latif und öffnete eins der Fenster. Er schob einen Stuhl darunter und kletterte flink hinaus. »Jetzt du, Wuschel«, meinte er und streckte ihr die Hand hin. Katharina folgte ihm nach draußen, wo sie sich nebeneinander in den Lichtschacht quetschten. »Ich mach dir eine Baumleiter und du kletterst hoch, okay? Aber pass auf, dass dich da oben keiner sieht.«

»Vielen Dank, ich bin doch nicht doof!«, schnaubte sie, steckte aber gehorsam ihre Fußspitze in seine zusammengelegten Hände. Latif hievte sie in die Höhe, aus Olafs Sichtfeld hinaus. Olaf erwartete, jeden Moment ertappt zu werden, und starrte gebannt zur Tür.

»Jetzt du, Olaf«, hörte er Latif rufen. Er sah sich noch einmal um und ging zu ihrem Durchlass zurück, um ihn zu schließen. An der Wand im Gang lehnte die Axt. Vielleicht war es besser, sie mitzunehmen. Er griff sie sich und schloss gewissenhaft die Tür. Nichts sollte auf ihren Besuch hinweisen; die Hausbewohner würden lediglich annehmen, dass jemand vergessen hatte, das Fenster zu schließen.

Olaf reichte Latif zuerst die Axt, ehe er selbst hinauskletterte. Er versuchte, mit dem Fuß den Stuhl zur Seite zu schieben.

»Lass mal, ich mach das später«, sagte Latif, der die Axt zu Wuschel hinaufreichte. »Es ist zu eng hier, um das jetzt zu erledigen.«

Er hatte recht, es war wahnsinnig unbequem zu zweit in dem Lichtschacht, besonders, da er nicht so dünn war wie Wuschel. Latif warf einen bedeutungsvollen Blick auf Olafs Bauch.

»Na los, du schaffst das schon. Tritt einfach in meine Hände und stoß dich mit dem anderen Bein ab. Mit den Armen ziehst du dich dann hoch.«

Olaf sah besorgt nach oben. Es kam ihm unglaublich hoch vor. Oben lag Wuschel im Gras und ließ ihre Hand hinunterbaumeln. Sie winkte ihm zu. Grashalme landeten in seinem Gesicht.

»Ich zieh dich rauf, Olaf!«

Latif hielt seine Hände bereit und Olaf bemühte sich sehr, doch der Platz reichte nicht aus, um seinen Fuß hoch genug zu heben. Latif drückte sich noch fester an die Wand und bückte sich tiefer. Olaf zog den Bauch ein und schaffte es, mit dem Fuß Latifs Hände zu erreichen. Er holte tief Luft und stieß sich mit dem anderen Bein ab. Latif schleuderte ihn mit viel Kraft nach oben. Olaf grabschte hilfesuchend umher und versuchte, mit den Händen Halt an den Wänden zu finden, die allerdings zu glatt waren. Da wackelten Wuschels Finger vor seiner Nase und er konnte die Arme aufs Gras legen. Katharina zog an seinem Ellbogen, Latif schob an seinen Füßen, und irgendwann rollte Olaf ächzend auf den Rasen.

»Pssst«, machte Wuschel. Latif schaffte es natürlich ohne Hilfe nach oben und landete geschmeidig wie ein Tiger neben ihnen.

Olaf beobachtete ihn gleichermaßen staunend und neidvoll. Vielleicht sollte er es doch mit Sport versuchen. Irgendeine Sportart würde ihm doch wohl zusagen, oder?

Sie befanden sich direkt unter einem Fenster, das einen Spalt breit geöffnet war. Der Garten schien glücklicherweise menschenleer. Das Tor zur Freiheit lag in einiger Entfernung; ein üppiger Rasen und zwei Blumenbeete trennten sie davon. Es dämmerte bereits.

Latif machte ein paar Verrenkungen, als er ihnen mit Zeichen andeutete, dass sie besser ein Stück um das Haus herumschleichen und sich dann im Schutz einiger Büsche zum Gartentor bewegen sollten. Er machte den Anfang und bewegte sich in der Hocke vorsichtig vorwärts, schielte um eine Ecke und ging weiter. Olaf folgte ihm, hinter sich Wuschel. Eine mühsame Art des Vorwärtskommens, doch sie mussten unten und dicht an der Hauswand bleiben, falls gerade jemand aus einem Fenster sah. Olaf hörte drinnen Geschirr klappern und hoffte, die Bewohner waren mit dem Abendessen beschäftigt und würden ihrem Garten so lange keine Aufmerksamkeit schenken. Immerhin war es besser, im Garten erwischt zu werden statt im Keller.

Schließlich schlüpfte Latif hinter dichtes Gebüsch. Dort waren sie zunächst vor den Blicken aus dem Haus verborgen. Von hier aus mussten sie von Busch zu Busch Deckung suchen, bis sie endlich zur Straße kamen. Sie wollten gerade losgehen, als hinter ihnen ein leises, herausforderndes »Miau« erklang. Eine zierliche, graue Katze mit weißen Pfoten sah zu ihnen hoch. Sie kam näher und strich schnurrend um ihre Beine. Offensichtlich freute sie sich, sie zu sehen. Wuschel konnte nicht widerstehen und beugte sich hinunter, um das niedliche Tierchen zu streicheln. Die Katze streckte ihr zufrieden den Kopf hin und schloss die Augen. Dann allerdings riss sie die Augen weit auf und erzitterte. Gebannt starrte sie auf Wuschels Jackentasche. Wuschel machte einen kleinen Satz und stieß mit Latif zusammen.

»Oh nein, ich glaube, sie hat Freddy gerochen. Lasst uns schnell weitergehen.«

Die Katze öffnete das Maul und miaute – einmal, zweimal, dreimal. Katharina drängte vorwärts; Latif und Olaf mussten sich darum kümmern, dass sie nicht unüberlegt ins Freie sprang und eine Entdeckung riskierte. Die Katze folgte ihnen laut klagend und schreiend. Sie hing an Wuschel wie eine Klette. Katharina schimpfte leise vor sich, allerdings verstand Olaf nichts davon. Latif zerrte an ihrer Jacke und hielt sie fest, damit sie nicht auf den Rasen rannte. Die Katze machte einen ungeheuren Lärm und Olaf fragte sich verzweifelt, wann jemand rauskommen und nachsehen würde, was mit ihr los war. Gegenüber auf dem Gehweg hob jemand den Kopf und sah herüber.

Als die Katze versuchte, an Wuschel hochzuklettern, war es aus mit ihrer Selbstbeherrschung. Sie schrie auf, riss sich los und stürzte auf das Gartentor zu. Sie ließ es aufspringen und rannte hinaus, während das Tor mit viel Schwung gegen einen Rosenbogen knallte. Olaf und Latif blieb nichts anderes übrig, als ebenfalls die Flucht zu ergreifen. Sie rasten hinter Katharina her, durch das Tor hinaus auf den Gehweg und immer weiter. Nur nicht umdrehen und auf keinen Fall stehen bleiben!

Zwanzig Minuten später erreichten sie atemlos Frau Jahns Haus. Sie hatten einige Haken geschlagen und dann nach Luft schnappend angehalten, um sich zu orientieren, aber als die hartnäckige Katze wieder auftauchte, rannten sie weiter.

Wenigstens hatten sie das Tier inzwischen abgeschüttelt. Bei Frau Jahn brannte Licht, sie schien wieder zu Hause zu sein. Sie öffnete ihnen erstaunt die Tür und erklärte, dass sie sie schon längst bei ihren Familien vermutet hatte. Die drei Detektive wollten lediglich ihre Sachen vom Dachboden holen und sich auf den Heimweg machen.

Es war ein komisches Gefühl, dass bei Frau Jahn alles ganz normal wirkte, während sie soeben ein gefährliches Abenteuer überstanden hatten. Als hätten sie für einige Zeit diese Welt verlassen, um in einer anderen zu leben, und nun waren sie zurück.

Im Bus unterhielten sich Latif und Olaf über diesen Eindruck und auch über das, was sie wohl erwarten würden, weil sie zu spät zum Abendessen kamen. Olaf hätte gern weitere Pläne geschmiedet, aber der Nachmittag steckte ihm in den Knochen. Das Schaukeln und Brummen des Busses machte ihn sehr müde und er konnte kaum noch einen klaren Gedanken fassen. Morgen, dachte er sich, als Latifs Haltestelle näher kam, morgen ist auch noch ein Tag. Er winkte zum Abschied, als Latif ausstieg, und war unglaublich froh, dass er es nun nicht mehr weit hatte.

**FRAGE:** *Welches Haustier bringt die Detektive ganz schön in Schwierigkeiten?*

Du brauchst den 3. Buchstaben.

Kapitel 16

## Bekanntmachung der ersten Täter

Die Lagebesprechung in der Hofpause fand nur zögernd ihren Anfang, denn Bert hatte sich zum ersten Mal von allein zu ihnen gesellt. Die W.O.L.F.-Detektive wussten nicht so genau, ob sie ihn in die Angelegenheit des anonymen Briefes an Olaf einweihen sollten. Schließlich ging es dabei um ihn und er hatte schon genug Probleme mit Hänseleien oder vielleicht sogar Schlimmerem. Wegschicken wollten sie ihn aber auch nicht, wo er gerade anfing, ihnen sein Vertrauen zu schenken. Da sie das Thema besprechen mussten, beschloss Olaf schließlich, nicht alle Details auszuplaudern, sondern eher vage und allgemein zu bleiben.

»Sag mal, Bert, diese zwei Jungs, die dich neulich geärgert haben, sind die heute da?«

Bert nickte.

»Haben sie noch mal was Blödes zu dir gesagt?«, erkundigte sich Wuschel. Bert schüttelte den Kopf. Olaf hakte weiter nach.

»Bleiben die beiden in den Pausen im Klassenzimmer oder gehen sie öfter raus?«

»Wieso?« Bert sah ihn mit großen Augen erstaunt an.

»Tja, ich würde mir gern mal etwas von ihnen ausleihen. Ohne dass sie es merken, meine ich.«

»Das kann ich doch machen!« Bert lächelte erwartungsvoll.

»Bist du sicher?«, hakte Latif nach. »Wenn sie dich erwischen, kriegst du sicher großen Ärger.«

»Ach, die erwischen mich bestimmt nicht. Die sind in den Pausen immer unterwegs, um Leute zu ärgern oder heimlich zu rauchen. Außerdem sitzen sie in meiner Nähe, da kann ich unauffällig hin.«

»Okay, wenn du das wirklich wagen willst.« Olaf zuckte mit den Achseln. »Ich brauche ihre blauen Kugelschreiber und von beiden

Schriftproben, also etwas, das sie geschrieben haben, eine Seite aus einem Heft zum Beispiel.«

»Gut, und bis wann?« Bert schien Feuer und Flamme und wollte nicht einmal wissen, weshalb er diese Dinge besorgen sollte.

»Bis Schulschluss, ginge das? Und morgen kriegst du die Sachen zurück und kannst sie unauffällig wieder hinlegen.«

»Alles klar!«

Es klingelte zum Pausenende und Bert stapfte beschwingt davon. Olaf, Latif und Wuschel sahen ihm besorgt nach.

»Hoffentlich schafft er das auch. Ich möchte nicht verantwortlich dafür sein, dass er Prügel bekommt«, meinte Olaf nachdenklich.

»Ich glaube schon, dass er das kann«, widersprach Wuschel energisch. »Er ist kein Idiot, weißt du? Ganz im Gegenteil, ich glaube, er ist ziemlich clever. Und wenn einer Erfahrung mit den Typen hat, dann er.«

Nach der letzten Unterrichtsstunde wartete Olaf wie verabredet auf Bert, der schon bald auftauchte und siegessicher wirkte. Er übergab Olaf zwei blaue Kugelschreiber – einer davon heftig angenagt am oberen Ende – und zwei lose Zettel voller Gekritzel. Später trafen sich die Detektive in Wuschels Hütte, um ihre Untersuchungen anzustellen.

Zunächst verglichen sie die Schriften der beiden Zettel mit der des anonymen Briefes, den Olaf erhalten hatte. Eine der Schriftproben sah der auf dem anonymen Brief mehr als ähnlich, sie waren praktisch identisch. Auch die Rechtschreibprobleme des Verfassers deuteten darauf hin, dass es sich um denselben Schreiber handelte. Probenotizen mit den Kugelschreibern ließen ebenfalls darauf schließen, dass sie den Stift vor sich hatten, mit dem die Nachricht gekritzelt worden war.

»Damit ist klar, dass einer der beiden Fieslinge diesen Müll geschrieben hat«, erklärte Latif, als das Ergebnis feststand. »Wie wir vermutet hatten. Was fangen wir mit diesem Wissen nun an?«

»Tja, erst mal nichts, schätze ich.« Olaf kratzte sich am Kopf.

»Jedenfalls hat dieser Brief überhaupt nichts mit dem anderen zu tun. Es ist doch gut, dass wir das ausschließen können.«

Katharina schnaubte empört. »Trotzdem finde ich, wir sollten sie nicht damit durchkommen lassen. Die können nicht einfach brutal und gemein sein – ganz zu schweigen von kriminell –, ohne dass es Konsequenzen hat!«

»Wir sind aber auch keine Richter«, erwiderte Latif. »Wir klären auf. Urteile sprechen und ausführen muss jemand anderes.«

»Deshalb schlägst du vor, dass wir den Brief der Polizei geben?« Wuschel starrte ihn ungläubig an.

»Nein, aber wir könnten wenigstens überlegen, ob wir damit zu einem Vertrauenslehrer gehen. Die sollten wissen, dass Bert eine Zielscheibe für die beiden ist, und vermutlich nicht nur er. Olaf ja nun auch, beziehungsweise wir alle drei, denn nicht nur Olaf gibt sich mit Bert ab, sondern du und ich genauso.«

Ehe Wuschel widersprechen konnte, mischte Olaf sich ein.

»Das können wir später noch entscheiden. Jetzt müssen wir uns um unseren Fall kümmern. Wuschel, hast du die Babykleider da? Hast du sie dir noch mal angesehen?«

»Nein, ich konnte gestern Abend gar nichts mehr tun. Ich kam zu spät zum Essen und musste direkt danach duschen und Hausaufgaben machen. Mama hat mich nicht aus den Augen gelassen und ständig kontrolliert, bis ich eingeschlafen war.« Sie verzog das Gesicht zu einer gequälten Grimasse und brachte damit die anderen beiden zum Lachen. »Aber die Sachen habe ich natürlich dabei.«

Sie legte eine Plastiktüte auf den Tisch und holte die Kleidungsstücke heraus. Jeder der drei nahm sich eines vor und untersuchte es gründlich. Ein muffiger Geruch stieg von den Teilen auf – kein Wunder, nach hundert Jahren in einem feuchten Keller. Wie Wuschel schon am Vortag bemerkt hatte, waren sowohl Jacke als auch Mütze selbst gestrickt aus einer zarten, weichen rosafarbenen Wolle. Die Farbe wies zwar einen deutlichen Grauschleier auf, aber wenn man sich diesen wegdachte, konnte man erahnen, wie schön sie einmal gewesen sein musste. Die Wolle war dünn, die Maschen sehr fein und gleichmäßig, von jemandem angefertigt, der etwas davon verstand. Sie ließen die einzelnen Kleidungsstücke reihum gehen, sodass jeder jedes genau ansehen konnte. Wieder einmal gelang es Wuschel, etwas vor den anderen zu finden.

»Oh, ich glaube, da ist etwas.« Sie hatte das Jäckchen vor sich und fingerte am unteren Rand herum. »Ja, da ist eindeutig etwas Festes zu spüren.« Sie stülpte die kleine Jackentasche heraus und zog mit den Fingernägeln die Maschen auseinander. »Es hat sich irgendwie verfangen.« Katharina nahm eine Schere zu Hilfe und trennte kurzerhand einige der Maschen auf. Ein kleines zerknittertes Stückchen Pappe kam zum Vorschein, eine abgerissene Ecke von einem größeren Stück. Wuschel legte sie auf die Mitte des Tisches, damit alle sie sehen konnten. »Hm, was könnte das sein?«

»Da steht etwas, allerdings ist es nicht vollständig.« Olaf versuchte es mit der Lupe. »Ja, es sind Teile von Worten, die ich nicht kenne. Es könnte sogar eine fremde Sprache sein. Ich könnte es mit nach Hause nehmen und mich näher damit befassen; vielleicht finde ich etwas heraus.«

Latif stimmte zu und Wuschel winkte zerstreut mit der Hand zum Zeichen, dass er es einstecken solle.

»Also, wenn ich es richtig sehe, dann haben wir bisher einige wichtige Hinweise, aber wir sind auch Spuren gefolgt, die uns nirgendwo hingebracht haben.« Sie runzelte die Stirn.

»Nirgendwo hin würde ich nicht sagen«, widersprach Latif. »Wir konnten schon zwei Täter entlarven. Also ›Täter‹ im weiteren Sinn ...«

»Aber nichts, was uns in unserem Fall weitergebracht hätte.« Wuschel zog eine unzufriedene Grimasse. »Und einen Schatz haben wir auch nicht entdeckt.«

»Wir haben schon eine Menge herausgefunden«, meinte nun auch Olaf. »Wir haben entlarvt, wer Marie ist und dass sie nicht den anonymen Brief an mich geschrieben hat. Wir haben gerade festgestellt, wer ihn verfasst und auf meinen Platz gelegt hat. Außerdem haben wir entdeckt, dass jemand bei Frau Jahn herumschnüffelt, dass es einen Schatz gibt, einen verschollenen Grundriss und einen geheimen Raum – und sogar einen unterirdischen Gang. Wir wissen, dass derjenige, der Frau Jahn zusetzt, ziemlich skrupellos ist, sie bedroht und uns im Keller einsperrt.«

Er warf den anderen einen Blick zu, um zu sehen, ob sie ihm in dieser Schlussfolgerung zustimmten. Sie nickten grimmig.

»Außerdem wissen wir, dass sein Drucker bald eine neue Patrone benötigt und sein Papier nach Zigarettenrauch riecht. Und wir sind uns sicher, dass er zur Jahn-Familie gehört. Wir haben sogar einen Verdächtigen – Berts Vater. Das ist echt viel, wenn man bedenkt, dass wir erst ein paar Tage ermitteln.« Olaf lehnte sich zufrieden zurück.

»Lass uns doch mal überlegen, welche Hinweise wir haben«, nahm Latif den Faden auf. »Da ist das Tagebuch mit der Information über einen Schatz. Wir haben die Uniform, die uns verrät, wo der Vater von Frau Jahn sich wann während des Krieges aufgehalten hat. Außerdem die geheimnisvollen Babykleider und ein Stückchen Karton mit Aufdruck, einen alten Grundriss und einen aktuellen Familienstammbaum; nicht zu vergessen ein Beweisstück in Form eines anonymen Drohbriefes an Frau Jahn. All diese Dinge gehören irgendwie zusammen und wollen uns etwas mitteilen.«

»Wir wissen nur nicht, was«, stöhnte Wuschel. »Und ich frage mich, ob es diesen Schatz wirklich gibt und ob wir noch weiter danach suchen sollen.«

»Welchen Schatz?« Sissi stand in der offenen Tür und starrte sie neugierig an. Olaf ruckte erschrocken nach vorn, Latif warf ihm einen entsetzten Blick zu und Wuschel blitzte wütend ihre Schwester an, die sich unbemerkt in die Hütte geschlichen hatte – zweifellos eines ihrer besonderen Talente.

**FRAGE:** Täter, deren Identität man durch seine Ermittlungen enthüllt, werden _____.

Du brauchst den 7. Buchstaben.

Kapitel 17

# Auftrag eins – erledigt!

»Was tust du denn schon wieder hier?«, fragte Katharina ihre Schwester nicht gerade freundlich. »Habe ich dir nicht verboten, hierherzukommen?«

»Ich glaube nicht, dass du mir das verbieten kannst«, widersprach Sissi trotzig. »Mama wäre damit gar nicht einverstanden. Sie will, dass du mich mit einbeziehst und dich um mich kümmerst. Ich habe ihr gesagt, dass ich mich allein fühle, und sie hat mich zu dir geschickt.«

»Such dir ein Hobby! Oder Freunde.«

Sissi wandte sich an Latif und sah ihn mit großen Augen an. »Was macht ihr?«

»Äh …« Latif rutschte unbehaglich von einer Pobacke auf die andere. »Wir reden …«

»Worüber?«

»Über dieses und jenes …«

»Über einen Schatz?«

»Ähm, ich …« Latif sah hilfesuchend zu Katharina, dann zu Olaf. »Wir …«

»Das geht dich gar nichts an, und nun verzieh dich!« Wuschel baute sich drohend vor der kleineren Sissi auf, die sich allerdings nicht einschüchtern ließ. Ihr neugieriger Blick wanderte über die Dinge, die auf dem Tisch lagen.

»Habt ihr da eine Schatzkarte? Was ist das für ein Schatz? Geht es um Gold und Juwelen?«

»Du schaust zu viele Piratenfilme.«

»Schau ich gar nicht. Wenn du mir nichts sagst, verrate ich es unseren Eltern.«

Katharina rollte mit den Augen. »Ist das alles, was dir einfällt? Mich zu verpetzen? Das ist *so* kleinkindmäßig.«

Olaf lauschte überrascht, wie zickig Wuschel klingen konnte und fragte sich, ob sie mit Freundlichkeit nicht mehr bei Sissi erreichen würde. Wuschel wiederum wollte die Angelegenheit beenden und packte ihre Schwestern kurzerhand am Arm, um sie zur Tür hinauszuschieben.

»Ich werde schon noch herausfinden, was das für ein Schatz ist!«, klagte Sissi draußen, während Katharina ihr die Tür vor der Nase zuschlug. »Warte es nur ab, Katharina! Und wenn ich ihn habe, gehört er mir allein!« Einige Sekunden blieb es still, als wartete sie auf eine Reaktion, und als keine kam, stapfte Sissi zornig durchs Gebüsch davon.

»Ich sage es nicht gern«, meinte Wuschel nach einem betretenen Schweigen, »aber ich denke, wir sollten uns in den nächsten Tagen woanders treffen. Sissi wird keine Ruhe geben, bis sie weiß, worum es geht. Sie wird mir an den Fersen kleben, sobald ich zu Hause bin und womöglich auch, wenn ich zu Frau Jahn hinübergehe.«

»Vertragt ihr euch auch manchmal?«, wagte Olaf zu fragen.

Katharina zuckte mit den Schultern.

»Gelegentlich, wenn sie nicht so eine Nervensäge ist.«

»Du bist ja auch nicht gerade nett zu ihr«, warf Latif ein.

»Du hast keine Ahnung, wie es mit ihr ist«, verteidigte sich Wuschel erbost. »Du hast nur einen älteren Bruder und das ist verglichen mit einer kleinen Schwester vermutlich wie der Himmel auf Erden. Ihn wird es kaum interessieren, was du tust, aber Sissi hat keinen anderen Lebensinhalt als mich. Sie muss alles wissen – mit wem ich mich treffe, was ich tue, was ich lese, welche Filme ich anschaue, welche Musik ich mag, was ich in mein Tagebuch schreibe, wo ich hingehe. Das ist wie eine Ganztagsüberwachung im Gefängnis.« Sie schnappte einmal kurz nach Luft. »Und Mama macht alles noch schlimmer, indem sie ständig verlangt, dass ich mich um Sissi kümmere und sie beschäftige. Sie sollte ihr lieber zu eigenen Freunden und einem Hobby verhelfen. Papa sieht das ähnlich wie ich. Manchmal streiten sie sich wegen Sissi. Ich habe keine Ahnung, warum sie so ist.« Sie wölbte die Unterlippe nach vorn.

Ja, sie hatte recht, niemand von ihnen wusste, wie es sich mit einer kleinen Schwester wie Sissi lebte. Latif nicht und er, Olaf, sowieso nicht, denn er war ein Einzelkind. Er wünschte sich oft Geschwister und beneidete manchmal Latif und sogar Wuschel. Andererseits steckte er nicht in ihren Schuhen und konnte sich kein richtiges Urteil erlauben. Im Moment fühlte er sich sogar ausgesprochen dankbar dafür, dass er zu Hause seine Ruhe hatte und keines seiner Besitztümer unfreiwillig teilen musste.

»Sie ist einsam«, erklärte Latif.

»Ist doch nicht meine Schuld«, wehrte Katharina ab. »Wie gesagt, warum sucht sie sich keine Freunde?«

»Manchmal klappt das nicht so leicht«, sagte Latif. »Und ich weiß, wie es ist mit älteren Geschwistern. Ich habe meinen Bruder früher immer bewundert und wollte so sein wie er. Ich wollte, dass er mit mir redet und mich ernst nimmt, aber er wollte lieber seine Ruhe und mich nicht dabei haben, wenn er sich mit seinen Freunden traf.«

Wuschel musterte Latif neugierig, als hätte sie gerade einen ganz neuen Zug an ihm entdeckt.

»Und wie habt ihr das Problem gelöst?«

»Gar nicht. Irgendwann wurde ich älter und es war mir nicht mehr so wichtig. Ich fing an, Fußball zu spielen und fand eigene Freunde. Wir kommen miteinander aus; trotzdem, er bleibt der Ältere und lässt es mich manchmal spüren. So ist das, wenn man der Kleine ist, und ich würde gern darauf verzichten.«

»Siehst du, du hast dir ein eigenes Leben aufgebaut«, schloss Wuschel zufrieden.

Olaf fragte sich, ob es das war, was Latif ihr hatte sagen wollen. Seiner Meinung nach wollte Latif eher bei Katharina für mehr Verständnis ihrer Schwester gegenüber sorgen. Nun ja, vielleicht dachte sie später noch einmal über das Gespräch nach und kam von selbst darauf.

»Wir sollten zu Frau Jahn gehen«, schlug er vor und stand von seinem Korbsessel auf, der ordentlich knarzte und quietschte. »Sie wartet bestimmt schon.«

»Suchen wir denn weiter nach dem Schatz?«, fragte Wuschel.

»Ich weiß nicht – am besten beenden wir heute zunächst unsere eigentliche Arbeit auf dem Dachboden und überlegen uns dann, wie es weitergehen soll. Wenn wir ihr nicht bald sagen, dass wir fertig sind, wird sie sich nur wundern.«

»Außerdem müssen wir noch einmal zu Bert nach Hause«, warf Latif ein. »Wir müssen uns dringend den Drucker ansehen.«

»Am besten machen wir morgen etwas mit ihm aus, wenn wir ihm das Zeug von den Fieslingen zurückgeben.« Wuschel fing an, alles einzupacken. »Uns fällt bestimmt ein Grund ein, und ich glaube, Bert hat auch nichts dagegen, wenn wir ihn noch einmal besuchen.«

Frau Jahns Dachboden sah inzwischen viel besser aus als bei ihrem ersten Besuch. Die drei Detektive hatten enorm viel geleistet: aussortiert und geordnet, gestapelt und zusammengelegt, und sogar die Staubmenge hatte beträchtlich abgenommen. Olaf sah sich zufrieden um. Ja, sie hatten wirklich ganze Arbeit geleistet – ein beglückendes Gefühl. Ihre Aufgabe war somit abgeschlossen; sie konnten Frau Jahn mitteilen, dass der Dachboden nun bereit für alles Weitere war, und ihren Lohn in Empfang nehmen.

Nur als Olaf an den Schatz dachte, befiel ihn leise Wehmut. Wenn es sich tatsächlich um einen kleinen Gegenstand handelte, grenzte es ans Unmögliche, ihn ohne genauere Kenntnisse zu finden. Es gab einfach viel zu viel Gerümpel hier oben, und so ein Schatz konnte ja auch überall sonst im Haus stecken, in einem Möbelstück, einem hohlen Buch, unter einer losen Bodendiele, in einer Wand, oder sogar im Garten, irgendwo in einem Beet, unter einem Baum, in einer Mauer hinter einem losen Stein. Nein, es wäre verrückt, weiter danach zu suchen. Und vielleicht gab es auch gar keinen Schatz. Er sollte seine Abschrift des Tagebuchs noch einmal genau durchlesen – es war doch möglich, dass er etwas falsch verstanden hatte. Oder der Schatz existierte schon längst nicht mehr; aufgebraucht durch Frau Jahns Eltern.

Olaf wischte sich die schmutzigen Hände ein letztes Mal an seiner Hose ab und griff nach seiner Jacke. Noch ein kurzer Rundgang, dann würden sie nach unten gehen und ihrer Auftraggeberin die gute Nachricht überbringen.

»Das ist merkwürdig«, murmelte Wuschel neben einem alten Bücherregal, das jetzt wieder hübsch und ordentlich gefüllt war mit alten Wälzern. Katharina wühlte sich durch einen Stapel Landkarten aus den Fünfzigerjahren des letzten Jahrhunderts. »Ich bin sicher, dass ich ihn hierhingelegt habe.«

»Was suchst du denn?«, erkundigte sich Latif, der gerade eine alte Matratze auf einem alten Bettgestell ausprobierte und überraschenderweise mit dem Hintern bis fast auf den Boden durchhing. Ächzend kämpfte er sich wieder hoch.

»Den Plan von dem Haus, den Grundriss, mit dem wir gestern den versteckten Kellerraum gefunden haben. Als wir später noch einmal hier oben waren, um unsere Sachen zu holen, habe ich ihn hierhergelegt, auf diesen Tisch, ganz oben auf diese Karten. Und nun ist er weg.«

Olaf stutzte. »Ist er vielleicht heruntergefallen?«

»Nein, ich habe schon alles abgesucht. Er ist nicht mehr da.«

»Frau Jahn ...?«, meinte Olaf zögernd, obwohl er wusste, dass sie es nicht gewesen sein konnte. Wuschel schüttelte auch schon den Kopf.

»Nein, darüber haben wir uns doch schon unterhalten.«

»Unser unbekannter Schnüffler«, meinte Latif nüchtern, der sich neben sie stellte. »Wer sonst? Er sammelt alles ein, was uns irgendwie weiterbringen könnte.« Wuschel sah ihn empört an.

»Also ... ja, morgen werde ich Berts Haus auf den Kopf stellen, bis ich den Plan gefunden habe!«

»Wir müssen vorsichtig sein«, mahnte Olaf. »Wir wissen nicht, wozu der Mann sonst noch fähig ist. Er hat uns schon einmal eingesperrt.«

»Vielleicht ist er gar nicht da, wenn wir nachmittags kommen?«, überlegte Katharina. »Er ist sicher bei der Arbeit und den ganzen Tag außer Haus.«

»Es könnte trotzdem sein, dass Berts Mutter von allem weiß«, warf Latif ein. »Und Bert.«

»Das kann ich mir nicht vorstellen«, widersprach Olaf. »Niemand würde ein Kind in so eine Sache mit einbeziehen. Er könnte zu leicht etwas ausplaudern. Außerdem ist Bert so nett und offen zu uns; ich glaube wirklich nicht, dass er uns die kriminellen Pläne seiner Eltern verheimlicht.«

»Vorsicht ist besser als Nachsicht«, erklärte Wuschel weise. Nach diesen Entschlüssen stiegen sie ein letztes Mal die steile Treppe hinunter und tranken mit Frau Jahn einen Kakao, die ihnen traurig ihre Bezahlung aushändigte – hundert Euro für jeden! – und erklärte, sie würde den Trubel und ihre Anwesenheit doch sehr vermissen. Die W.O.L.F.-Detektive nahmen sich fest vor, die alte Dame immer mal wieder zu besuchen. Außerdem gab es sowieso noch einen Fall zu klären! Frau Jahn strahlte sie an, als sie ihr das erklärten.

F R A G E :   *Sissi ist Wuschels kleine _ _ _ _ _ _ _ _ _ .*

   Du brauchst den 5. Buchstaben.

Kapitel 18

## Auf geheimer Mission

Am nächsten Nachmittag fanden sich Olaf, Wuschel und Latif erneut bei Bert zu Hause ein. Wuschel hatte Freddy dabei, wie sie flüsternd gestand, als sie vor der Tür darauf warteten, dass jemand öffnete. Es war nicht schwer gewesen, Bert zu überreden, sie noch einmal einzuladen. Sie hatten ihm gesagt, dass sie etwas mit ihm besprechen müssten, was besser unter ihnen bliebe. Olafs Mutter hatte ihren Sohn verwundert angesehen, als er beim Abendessen ankündigte, dass er vermutlich am nächsten Tag einen Freund besuchen würde. Sie hatte ihn sanft daran erinnert, dass er jetzt, wo die Arbeit bei der alten Frau beendet war, wieder mehr Zeit mit seinen Hausaufgaben und Lernen verbringen sollte. Olaf versprach es. Er musste gerade daran denken, als er auf der Fußmatte stand, auf die Haustür starrte und sich fragte, was sie im Inneren wohl finden würden.

Bert öffnete selbst und glühte schon vor gespannter Erwartung. Seine Ohren leuchteten tiefrosa.

»Sind deine Eltern nicht da?«, platzte Wuschel heraus. Olaf verdrehte die Augen, doch Bert schien sich glücklicherweise nichts dabei zu denken.

»Nein, mein Vater ist im Büro und meine Mutter ist einkaufen.«

»Oh, gut …«, entfuhr es Katharina. Latif stupste sie unauffällig in die Seite.

»Wollen wir in mein Zimmer gehen?«, fragte Bert. »Ich habe Chips und Limonade oben.«

Sie folgten ihm die Treppe hinauf und machten es sich gemütlich.

»Also, worum geht es? Was wollt ihr mit mir besprechen?« Bert klang aufgeregt. Er schien zu denken, dass sie ihn in ein großes Geheimnis einweihen wollten.

Olaf schluckte. Sie hatten sich darauf geeinigt, mit ihm über die beiden Fieslinge zu reden und ihn zu fragen, ob er deshalb schon mal mit einem Lehrer gesprochen hatte. Nach einer kurzen, heftigen Diskussion waren sie übereingekommen, den Brief der beiden zunächst nicht zu erwähnen, um ihm nicht noch mehr Angst einzujagen. Allerdings ließe es sich irgendwann vielleicht nicht mehr umgehen, ihm davon zu erzählen. Schließlich ging es um ihn und er musste an der Entscheidung, ob man den Zettel einem Vertrauenslehrer zeigte oder nicht, beteiligt werden.

»Wegen der beiden Jungs in deiner Klasse …«, fing Latif an und Berts Gesichtsausdruck wechselte schlagartig von heiter zu bewölkt.

»Ach die. Es hat doch alles geklappt. Ich hab die Sachen wieder auf ihren Tisch gelegt. Sie haben sich zwar ein bisschen gewundert, aber sonst nichts gemerkt. Das wolltet ihr doch, oder?«

»Ja, klar, das hast du super hingekriegt«, bestätigte Latif und klopfte Bert auf die Schulter. »Wir haben uns allerdings gefragt …« Er zögerte.

»… ob du nicht wegen der beiden mit einem Lehrer reden willst«, beendete Wuschel den Satz. Bert wurde kreideweiß.

»Was? Nein! Ich bin doch nicht verrückt!«

»Aber willst du nicht, dass etwas unternommen wird?«, fragte Olaf.

»Nein, auf keinen Fall. Ich bin doch nicht lebensmüde. Ich pack das schon. Und es ist ja auch besser geworden, seit ich euch kenne. Es gibt keinen Grund.« Bert standen kleine Schweißtropfen auf der Stirn, während er panisch abwehrte. »Nein, wirklich, kommt bloß auf keine Ideen, die alles noch schlimmer machen!«

Wuschel riss den Mund auf, um zu widersprechen, doch Olaf reagierte schneller.

»Okay, es war ja nur ein Vorschlag. Vielleicht hast du recht und sie geben von jetzt an Ruhe.« Dabei hatte er allerdings das Gefühl, als käme da eher ein Sturm auf sie zu. Ein Orkan, der nicht nur Bert treffen würde, sondern auch seine neuen Freunde, die Detektive. Wuschel klappte den Mund wieder zu und zog die Augenbrauen hoch.

»Ach, Bert, gibt es euren Stundenplan auch online auf der Webseite der Schule?«, erkundigte sie sich arglos.

Bert nickte. »Könntest du ihn für mich ausdrucken? Nur so, weißt du, damit ich nachschauen kann, wann die beiden beschäftigt sind und wann sie Freigang haben.«

Der arme Bert war noch zu abgelenkt von seinen Sorgen und Befürchtungen, um sich zu wundern, und rief einfach die Webseite und den Stundenplan auf, gab den Druckbefehl und schloss die Seite wieder. Der Drucker sprang geräuschvoll an, rumorte eine Weile vor sich hin und spuckte ein Blatt aus. Katharina nahm es und sah es sich an, schließlich gab sie es enttäuscht Latif und der reichte es an Olaf weiter. Die Buchstaben erstrahlten in herrlichstem, tiefstem Schwarz. Es gab überhaupt keinen Hinweis darauf, dass die Druckerpatrone demnächst leer sein würde. Olaf hielt sich das Papier vor die Nase. Es roch einwandfrei – nach Papier und Druckerfarbe, sonst nichts.

»Bist du eigentlich der Einzige bei euch, der einen Computer hat?«, wollte Latif wissen.

»Nein, mein Vater hat noch einen im Arbeitszimmer. Den benutzt auch meine Mutter, für E-Mails und zum Shoppen und Surfen.«

»Hast du noch etwas anderes zu trinken als Limonade?« Wuschel hielt ihm ihr leeres Glas hin. »Vielleicht Wasser? Ohne Kohlensäure?«

»Geht auch Leitungswasser?«

»Klar, das ist völlig okay.«

Bert nahm das Glas und verließ das Zimmer. Latif rückte näher zu den beiden anderen.

»Wir müssen in dieses Arbeitszimmer.«

»Ihr beiden lenkt Bert ab und ich mach mich auf die Suche«, sagte Wuschel, doch Olaf winkte ab.

»Nein, dieses Mal gehen Latif und ich und du lenkst Bert ab. Du zeigst ihm Freddy und bittest ihn, noch einmal die Echsen sehen zu dürfen, und dann unterhaltet ihr euch so lange wie möglich über Haustiere.«

Katharina hüpfte protestierend auf ihrem Stuhl auf und ab und wollte gerade widersprechen, als Bert schon wieder hereinkam.

»Hier, ich hab es im Badezimmer abgefüllt.«

»Danke.« Wuschel nahm ihm das volle Glas ab. Latif gestikulierte hinter Berts Rücken; Katharina kniff die Lippen zusammen.

»Hey, erzähl Bert doch mal von Freddy«, sprang Olaf hilfreich bei. Wuschel warf ihm einen erzürnten Blick zu.

»Freddy? Wer ist Freddy?«, wollte Bert wissen.

»Katharinas Ratte«, erklärte Latif, »und sie hat sie sogar dabei!«

»Echt?« Bert strahlte sie begeistert und erwartungsvoll an. Katharina seufzte und gab sich geschlagen. Sie griff in ihre Jackeninnentasche.

»Wo ist das Klo, Bert?«, fragte Olaf schnell.

»Das Gäste-WC ist im Erdgeschoss, gleich neben der Eingangstür«, erwiderte Bert abwesend. Er war voll konzentriert auf die kleine Schnauze mit den Tasthaaren, die sich jetzt zitternd in Wuschels Hand zeigte. »Wow!«, hauchte er ehrfürchtig. »Darf ich sie mal halten?«

»Ich geh auch gleich mit«, murmelte Latif, doch Bert bekam ohnehin nichts mehr mit, so sehr faszinierte ihn Freddy. Olaf und Latif verkrümelten sich unauffällig.

Auf der Treppe überlegten sie, wo ein Arbeitszimmer am ehesten zu finden war, doch es konnte überall sein – im oberen Stockwerk, im Erdgeschoss oder im Keller. Sie fingen im Erdgeschoss an zu suchen und öffneten jede Tür – ohne Erfolg. Sie fanden lediglich das Wohn- und Esszimmer, eine Garderobe, das WC und die Küche. Als Nächstes versuchten sie es im Keller, wo der einzige ausgebaute Raum ein Hobbyraum war, in dem ein Sandsack von der Decke hing und ein Stepper stand. Weiter ging es wieder nach oben, wo sie besonders leise sein mussten, damit Bert nichts mitbekam. Sie fanden das Schlafzimmer der Eltern, ein Bad und ein Gästezimmer, das sich gleich neben Berts Zimmer befand. Blieb nur noch der zweite Stock.

Dort waren die Wände im oberen Bereich schräg, was bedeutete, dass sie sich schon unter dem Dach befanden. Hier gab es am Ende der Treppe lediglich eine Tür und die führte endlich in das ersehnte

Arbeitszimmer. Ein Teil des Dachgeschosses war wohnlich ausgebaut und mit Holz verkleidet worden, und genau hier hatte sich Berts Vater, Herr Plöger, sein Heimbüro eingerichtet. Die Einrichtung war zwar altmodisch, aber zweckdienlich und der Computer eindeutig ein neueres Modell. Er war ausgeschaltet. Als Latif den grünen Knopf drückte, fühlte Olaf einen Anflug von Unbehagen.

»Mir ist gar nicht wohl dabei«, flüsterte er Latif zu.

»Mir auch nicht, aber wir haben keine andere Wahl.« Der Rechner fuhr unendlich langsam hoch. »Wird schon schiefgehen. Frau Plöger ist noch beim Einkaufen und Herr Plöger bei der Arbeit. Kein Grund, nervös zu werden.«

Latifs Worten zum Trotz fing Olafs Herz genau in diesem Moment an zu rasen. Er hastete zur Tür, um nachzusehen, ob jemand kam. Bei dem Lärm, den der startende Computer machte, konnte er unmöglich hören, ob sich jemand auf der Treppe befand. Er fragte sich bang, ob Bert sie hier oben hören konnte. Immerhin lag sein Zimmer darunter. Auf Zehenspitzen schlich er zurück zu Latif und beobachtete den Bildschirm. Noch nichts zu sehen außer einigen Hinweisen, dass das Betriebssystem startete. Olaf huschte zurück zur Tür.

»Mensch, Olaf, du bist total zappelig. Das ist ansteckend«, raunte Latif.

»Ich will mich nun mal nicht erwischen lassen. Das wäre absolut peinlich und Bert würde vermutlich nie mehr ein Wort mit uns sprechen.«

»Vom Herumrennen wird es aber nicht besser.«

Nein, natürlich nicht. Doch er fühlte sich, als hätte er Hummeln im Hintern und Schmetterlinge im Bauch. Er trippelte von einem Fuß auf den anderen, während er versuchte, ruhig stehen zu bleiben.

Olaf spitzte die Ohren. Hatte er nicht unten ein Geräusch wahrgenommen? Die Haustür womöglich? Ein Kloß bildete sich in seinem Hals.

»Beeil dich, ich glaube, Frau Plöger ist zurück!«

»Würde ich ja, wenn der PC ein bisschen schneller wäre.«

»Ist er immer noch nicht hochgefahren?«

»Doch, sieht so aus, als wäre er jetzt betriebsbereit.«

»Dann ruf eine Datei auf.«

»Und was?«

»Ist doch egal, irgendwas.«

Latif bewegte die Maus und klickte mit den Tasten. Olaf blieb auf seinem Posten an der Tür und lauschte angestrengt nach unten.

»Ich hab eine. Einen Brief ans Finanzamt. Warte, ich drucke ihn aus.« Es klickte ein paar Mal. »Oh nein, Mist, da funktioniert was nicht.«

Da alles ruhig blieb in den unteren Etagen, verließ Olaf seinen Standort und eilte zu Latif. Der Drucker hatte eine Fehlermeldung verursacht.

»Was hat das zu bedeuten?«, murmelte Latif unruhig. »Ist die Farbe alle? Hier steht was vom Auswechseln der Druckerpatrone.«

Olaf versuchte, den Sinn dessen zu erfassen, was er las. Es klang widersprüchlich. Seine Gedanken rasten durcheinander und seine Knie waren butterweich, während seine Finger zitterten. Er musste sich den Drucker anschauen. Er konnte sich kaum konzentrieren, doch als der den Schalter fand, drückte er ihn. Der Drucker fing an zu rauschen.

»Oh gut, er war nur ausgeschaltet«, stöhnte Latif. Ein bedrucktes Blatt schob sich heraus, Olaf und Latif beugten sich gemeinsam darüber. Olaf wollte gerade den Mund öffnen, um etwas zu sagen, da vernahm er von der Tür her das leise Geräusch eines Atemzugs. Das schreckliche Gefühl, ertappt worden zu sein, überwältigte ihn. Mit gesträubten Haaren und einem Eisklumpen im Magen drehte er sich langsam um.

**FRAGE:** *Was suchen Latif und Olaf in Berts Haus?*

 Du brauchst den 2. Buchstaben.

## Kapitel 19
## Ein schwarzer Tag für Wuschel

»Was tut ihr da?«

Olaf blinzelte verstört. Schielte er oder stand dort Wuschel?

»Wieso braucht ihr so lang? Muss ich denn alles selbst machen? Frau Plöger ist wieder da und Bert hilft ihr unten beim Hereintragen der Einkäufe. Ich schlage vor, ihr macht hier schleunigst einen Abgang.«

Latif hielt sich nicht damit auf, den Computer herunterzufahren; er drückte einfach den Knopf zum Ausschalten, genau wie am Drucker. Olaf faltete das Beweisstück zusammen und steckte es in seine Hosentasche. Sie eilten hinter Katharina her und stießen auf der Treppe beinahe mit Berts Mutter zusammen, die gerade in den ersten Stock hinaufstieg.

»Oh, gut, da seid ihr ja. Möchtet ihr mit uns zu Abend essen?«

Sie bedankten sich artig und erklärten bedauernd, dass sie zu Hause erwartet wurden. Frau Plöger schien zufrieden und ging wieder nach unten. Olaf meinte, vor Erleichterung jederzeit ohnmächtig werden zu können. In Berts Zimmer ließ er sich auf das Bett plumpsen und ächzte.

»Oh bitte, nie wieder! Wuschel, du hast mich beinahe zu Tode erschreckt! Ich dachte, Berts Mutter stünde vor uns. Mir ist immer noch total schummrig.« Tatsächlich klebte sein T-Shirt schweißnass an seinem Rücken. Auch Latif wirkte mitgenommen und außer Atem. Katharina dagegen genoss den Moment.

»Geschieht euch recht, oder? Warum habt ihr so getrödelt?«

»Wir haben nicht getrödelt«, widersprach Latif. »Wir haben das ganze Haus nach dem Arbeitszimmer abgesucht, dann war der Rechner unglaublich langsam und schließlich wollte der Drucker nicht.«

»Habt ihr wenigstens einen Ausdruck?«

Olaf griff sich an die Gesäßtasche und wollte das Blatt herausziehen, doch in dem Moment kam Bert zur Tür herein.

»Wie lange wollt ihr eigentlich bleiben? Möchtet ihr ein Stück Kuchen? Meine Mutter hat welchen mitgebracht.«

Olaf fand die Idee ausgezeichnet – nach dem Schreck und dem Stress hatte er sich etwas Gutes verdient, doch ehe er die Hand heben konnte, sprang Wuschel mit entsetztem Gesichtsausdruck vom Stuhl auf.

»Oh nein, mir ist gerade eingefallen, dass wir morgen einen Test schreiben! Das hatte ich total vergessen. Und ich habe noch nichts dafür gelernt.« Sie fuhr sich mit den Fingern verzweifelt durchs Haar. »Es tut mir leid, aber ich muss nach Hause, Leute. Sofort. Tschüss.« Sie griff nach ihrer Tasche und hastete hinaus, die verdutzten Blicke der anderen ignorierend. Bert wandte sich verblüfft zu Latif und Olaf um.

»Ist sie immer so?«

»Nein, nur manchmal«, antwortete Latif.

Olaf und Latif blieben noch auf ein Stück Kuchen, doch Olaf merkte, dass er nur noch ungeduldig darauf wartete, mit Latif allein reden zu können, und auch Latif schien es so zu gehen. Deshalb verabschiedeten sie sich, sobald es ging, ohne unhöflich oder unfreundlich zu erscheinen. Sie liefen zuerst die Straße entlang und um die nächste Ecke, ehe Olaf das ausgedruckte Papier hervorholte. Es vibrierte in seinen Händen, während er es genau musterte. Schließlich hob er die Augen und wechselte einen erstaunten Blick mit Latif.

»Ich verstehe das nicht; ich war mir absolut sicher!« Latif hob die Augenbrauen und sah so verwundert aus, wie es nur ging. »An dem Schriftbild gibt es überhaupt keine Mängel. Kein einziger Buchstabe sieht zu blass aus, alles ist tiefschwarz, wie es sein soll.« Er nahm Olaf das Blatt aus der Hand roch daran, eingehend und an allen Ecken. »Es riecht nach nichts, jedenfalls nicht nach Zigaretten.«

»Tja, sieht ganz danach aus, als wären wir auf dem Holzweg mit Herrn Plöger.« Olaf atmete tief und geräuschvoll ein, während er seinen Gedanken freien Lauf ließ. »Es wäre möglich, vielleicht sogar wahrscheinlich, dass er die Druckerpatrone inzwischen ausgetauscht hat. Aber nicht auch noch das Papier.«

»Und wenn es sein letztes Blatt war und er ein ganz neues Paket geöffnet hätte.«

»Ich weiß nicht – das sind einfach zu viele Ereignisse zur selben Zeit. Die Wahrscheinlichkeit ist zu gering, dass all das so eingetreten ist. Es ist zwar möglich, aber ich glaube es nicht. Ich schätze, Herr Plöger ist nicht unser Mann. Wir müssen noch einmal gründlich nachdenken und unsere Hinweise auswerten. Wir müssen etwas übersehen haben.« Er kramte sein Handy hervor. »Ich werde Wuschel eine SMS schicken und sie auf den neuesten Stand bringen.«

Wuschel ahnte, dass der Test nicht besonders gut ausfallen würde. Sie stürzte zu Hause in ihr Zimmer und holte die Schulsachen hervor, doch viel Zeit blieb ihr nicht, bis sie zum Abendessen gerufen wurde. Danach quengelte Sissi eine Weile wegen des Schatzes und zu bald schon war es Zeit, ins Bett zu gehen. Mit der Taschenlampe versuchte Wuschel, unter der Bettdecke in ihrem Schulbuch zu lesen und sich zu merken, warum, wo und wann Alexander der Große Eroberungsfeldzüge unternommen hatte, doch die Fakten wollten nicht so recht hängen bleiben. Sie schlief mittendrin ein und erwachte am nächsten Morgen vollkommen verschwitzt und zerzaust. Die Taschenlampe war natürlich leer, weil sie sie nicht ausgeschaltet hatte, und ein paar der Buchseiten waren verknickt.

Beim Frühstück, das sie mit Sissi und ihrer Mutter einnahm, fiel es ihrer Schwester ein, dass sie ihr noch eine Sternenbeobachtung schuldete. In weinerlichem Tonfall schnitt Sissi das Thema an. Katharina merkte, wie ihre Mutter die Ohren spitzte.

»Das machen wir bald«, versuchte Wuschel Sissi zu vertrösten.

»Wann? Das sagst du schon seit Tagen«, klagte Sissi.

»Wirklich, Katharina?«, mischte sich ihre Mutter ein. »Wenn du es ihr versprochen hast, musst du es auch halten.«

»Ich weiß, aber es ging nicht. Ich hatte keine Zeit, weil wir bei Frau Jahn den Dachboden aufgeräumt haben, das weißt du doch.«

»Nun, dann solltet ihr einen festen Termin ausmachen«, schlug ihre Mutter vor. Katharina seufzte.

»Das hängt doch vom Wetter ab. Man kann nur bei klarem Himmel nach den Sternen schauen.«

»Wir sehen im Wetterbericht nach«, ereiferte sich Sissi, die spürte, dass sie Rückenwind hatte. Wuschel fiel nichts ein, was sie dagegen sagen konnte und blieb stumm. »Heute ist es schön, oder?«, fuhr Sissi fort. »Wir könnten es heute machen.«

»Vielleicht nicht, wenn am nächsten Morgen Schule ist«, warf ihre Mutter ein. Sissi zog einen Schmollmund.

»Na gut, dann am Wochenende.«

»Okay«, gab Wuschel nach.

»Du musst dein Wort halten«, nörgelte Sissi weiter, »sonst verrate ich Mama, dass …«

Katharina gab ihr unter dem Tisch einen Tritt ans Schienbein und Sissi heulte auf vor Schmerz. Und nicht nur das – sie produzierte auf der Stelle einen ausgewachsenen Weinkrampf und hüpfte demonstrativ in der Küche herum, hielt sich die getroffene Stelle und schrie, dass ihr Bein gebrochen wäre. Katharina verdrehte die Augen, ihre Mutter warf ihr einen zornigen Blick zu und eilte zu Sissi, um sie in den Arm zu nehmen. Sissi klammerte sich zufrieden an ihrer Mutter fest und zog über ihre Schulter eine Grimasse zu Katharina.

»Was wolltest du mir sagen?«, knurrte ihre Mutter, während sie Sissi über den Kopf strich.

»Nichts«, schluchzte Sissi erstickt, doch Wuschel wusste, dass das kleine Biest genau das erreicht hatte, was es wollte.

»Und du, Katharina, kannst dich auf eine Strafe gefasst machen!«, verkündete ihre Mutter.

Wuschel verkniff sich eine wütende Antwort und flüchtete.

In der Schule wurde Katharina klar, dass es ein Albtraumtag werden würde. Gleich in der ersten Stunde kam der Test dran. Sie arbeitete sich verbissen durch die Fragen und schrieb Antworten, von denen sie glaubte, dass sie richtig waren, annähernd stimmen könnten oder wenigstens nicht allzu schlecht erfunden schienen. Sie fragte sich, ob ihre Geschichtslehrerin einen Funken Humor hatte und wenigstens den witzigen Aspekt ihrer Arbeit bemerken würde. Ein zweifelnder Blick auf das verkniffene Gesicht der Lehrerin verriet ihr, dass diese nicht leise lächelnd über den Korrekturen sitzen, sondern eher ihren Rotstift mit grimmiger Verbissenheit darüberjagen würde. Sie fand sich damit ab, dass sie vermutlich eine Drei oder eine Vier bekommen würde, vielleicht sogar eine Fünf.

In der Pause nieste ihr ein anderes Mädchen einfach ins Gesicht. Zu allem Unglück wirkte die Übeltäterin auch noch verschnupft.

»Na super«, grummelte Wuschel zu sich selbst, »nun hat sie mich bestimmt angesteckt.«

In der nächsten Schulstunde – Mathematik – rief sie der Lehrer an die Tafel, wo sie eine Gleichung lösen sollte. Sie versagte jämmerlich. In der folgenden Stunde stellte sie fest, dass sie das richtige Schulbuch vergessen hatte. Ihr einziger Trost war nun, in der Hofpause die anderen Detektive zu treffen, doch als es klingelte und sie ihre Jacke überzog, machte ihr Herz einen Satz. Freddy war weg!

Katharina durchwühlte jede einzelne Tasche an ihrer Kleidung, ihre Schultasche und das Fach unter ihrem Tisch, doch es blieb dabei – Freddy hatte sich verkrümelt. Wieso hatte sie das nicht mitbekommen? Sie konnte eigentlich dankbar sein, dass niemand ihn entdeckt und lauthals gebrüllt hatte. Wo mochte er hin sein? Ihr fiel ein, dass sie nach dem Frühstück vergessen hatte, ihn zu füttern, weil sie so überstürzt aufgebrochen war. Nun wollte er sich bestimmt selbst etwas suchen. Aber wo? Im Grunde gab es überall etwas zu fressen, in beinahe jeder Tasche und in jedem Rucksack, die die Schüler dabei hatten. Wuschel wagte sich nicht auszumalen, was passieren würde, sollte jemand nichts ahnend nach seinem Pausenbrot greifen und eine Ratte zwischen die Finger bekommen. Ein Anflug von Panik machte sich in ihr breit. Und genau in diesem Moment musste sie daran denken, dass sie sowieso eine Strafe erhalten würde. Ihre Mutter gab diesbezüglich keine leeren Versprechen und es war außerdem strengstens verboten, Freddy mit in die Schule zu nehmen.

Während alle anderen in den Schulhof marschierten, begab sich Wuschel auf die Suche nach Freddy. Sie rief leise seinen Namen – das ließ ihn meist aufhorchen und wenigstens nachsehen, ob sie Futter für ihn hatte. Sie schlich sich durch das Klassenzimmer und anschließend hinaus auf den Flur. Was sollte sie nur tun? Hier gab es viel zu viele Räume, als dass sie alle hätte durchsuchen können. Latif und Olaf holen, damit sie ihr halfen? Sie konnte sich denken, was die beiden sagen würden. Immerhin hatten sie mit ihr schon das Museum durchkämmt, um den kleinen Vierbeiner zu finden, und sie hatte ihnen versichert, dass es ganz und gar untypisch für Freddy war, abzuhauen. Nein, lieber versuchte sie es erst einmal allein. Hilfe holen konnte sie später immer noch.

Sie rief in jedes Klassenzimmer einmal kurz nach Freddy und als er sich nicht meldete, steuerte sie das Treppenhaus an. Sie überlegte, ob er eher hinauf oder hinunter laufen würde und entschied sich dann für hinauf. Sie hastete die Stufen hoch, wich einem Lehrer aus und ging weiter. Leise rief sie immer wieder Freddys Namen. Und da – plötzlich – tauchte sein schokobraunes Gesicht auf, das ihr durch die Geländerstreben weiter oben entgegensah. Eine Welle von Freude, Erleichterung und Glück durchflutete sie. Sie stürmte weiter, um den Knick herum, den die Treppe machte, und streckte schon die Arme aus, um ihren Liebling aufzusammeln, als sie ruckartig abstoppte, weil sich ihr etwas in den Weg schob.

»Wen haben wir denn da?« Ein niederträchtiges, hämisches Grinsen tauchte vor ihr auf. Die beiden Fieslinge. Katharina schnappte entsetzt nach Luft.

**FRAGE:** *Wie heißt der zu Unrecht Verdächtigte mit Nachnamen?*

Du brauchst den 1. Buchstaben.

Kapitel 20

# Freddy in den Händen des Feindes

»Wo bleibt Wuschel?«, fragte Latif und biss herzhaft in einen Apfel.

»Ja, komisch, dass sie noch nicht da ist. Sonst ist sie meistens vor uns am Treffpunkt«, bestätigte Olaf. »Vielleicht wurde sie aufgehalten? Von einem Lehrer?«

»Hätte sie uns in dem Fall nicht Bescheid gesagt?« Latif nuschelte mit vollem Mund und Olaf verstand ihn kaum. »SMS geschickt oder so?«

Olaf zuckte mit den Schultern. »Vermutlich. Ihre letzte Nachricht war von gestern Abend.«

»Muss sie noch für den Test lernen?«

»Nein, der war in der ersten Stunde schon dran.«

»Oder ist sie krank und nach Hause?«

»Hätte sie bestimmt geschrieben.«

Latif biss erneut in seinen Apfel, der Saft spritzte nach allen Seiten, bis auf Olafs Nase. »'tschuldigung«, murmelte Latif und mampfte weiter.

Olaf ließ seinen Blick über den Schulhof schweifen, in der Hoffnung, Wuschels blonde Frisur zu entdecken. Er sah allerdings lediglich Berts roten Schopf in der Menge der Schüler. Er stand wieder einmal in seiner Ecke und versuchte, unauffällig zu sein.

»Und wenn was mit Freddy ist? Er könnte weggelaufen sein.« Latif klang wieder normal. Seinen Apfel hatte er aufgegessen und schnippte das Kerngehäuse in ein Gebüsch. Olaf bekam bei seinen Worten sofort ein flaues Gefühl in der Magengegend.

»Ja. Ja, du könntest recht haben. Das wäre der einzige Grund, bei dem sie sich nicht gleich melden würde, weil es ihr peinlich wäre. Und wegen des Tests hat sie ihn bestimmt mit in die Schule gebracht, zur moralischen Unterstützung.« Olaf packte den Rest seines belegten Brotes zurück in die Tüte. »Komm, wir suchen sie.«

Sie huschten versteckt in das Schulgebäude. In der Hofpause sollten die Schüler eigentlich alle draußen sein und wenn ein Lehrer sie entdeckte, würden sie sofort wieder hinausgeschickt werden. Sie rannten die Treppe hinauf – Latif voraus, Olaf hinterher – und zu Wuschels Klassenzimmer, doch dort war niemand. Sie sahen sich auf dem Stockwerk um und näherten sich dabei wieder dem Treppenhaus. Auf einmal blieb Latif stehen und hielt Olaf am T-Shirt fest.

»Pssst«, machte er vorsichtig und legte den Finger an die Lippen. Olaf spitzte die Ohren. Er hörte Stimmen – Jungs. Und dann, merkwürdig hoch und piepsig, Wuschel. Sie klang vollkommen anders als sonst, ängstlich und weinerlich. Latif hatte genug gehört und raste los, die Treppe hinauf, Olaf jagte ihm nach. Und schon sahen sie das kleine Grüppchen – Berts zwei Peiniger und vor ihnen, ein paar Stufen unterhalb, Wuschel. Und dann – Olaf blieb kurz die Luft weg, als er erkannte, was vor sich ging – entdeckte er Freddy. Einer der Jungen hielt ihn fest in den Händen.

»Da seid ihr ja endlich«, sagte er frech. »Wir haben auf euch gewartet und uns mit dem Kleinen hier die Zeit vertrieben.« Dabei hielt er Freddy ein Stück in die Höhe. Latif ballte die Fäuste und machte eine wütende Bewegung. »Ups, das würde ich an deiner Stelle nicht tun. Dem Kuscheltierchen könnte sonst etwas passieren.« Er grinste Latif an und dieser zwang sich, stehen zu bleiben und nichts zu tun.

»Dicker«, sagte nun der andere der beiden und sah Olaf an. »Ich will den Brief zurück.«

»Welchen Brief?« Olaf hielt den Atem an, als ihm mit einem Mal klar wurde, von welchem Brief der andere sprach.

»Halt mich nicht für blöd, Dicker. Ich weiß, dass ihr uns hinterhergeschnüffelt habt und wisst, dass der Brief von uns ist. Also gib ihn mir zurück, wenn du willst, dass deine Freundin ihre Ratte noch einmal lebend in den Armen hält.«

»Aber ... aber ... ich hab ihn gar nicht hier. Er liegt in meinem Zimmer, zu Hause.« In Olafs Gehirn schwamm alles durcheinander, er konnte gerade keinen klaren Gedanken fassen. Er sah nur Wuschels angstvoll aufgerissene Augen und Freddy in den kräftigen Händen des Jungen.

»Na, dann holst du ihn eben.«

»Wie, jetzt gleich?«

»Natürlich jetzt gleich. Es sei denn, du möchtest, dass die Ratte den Rest des Tages mit uns verbringt.«

Wuschels Stimme klang brüchig, als sie mit ihm sprach. »Bitte, Olaf, geh und hol ihn. Bitte, tu es für mich. Für Freddy!« Sie flehte mit aller Verzweiflung. »*Bitte*!«

»Aber der Unterricht geht gleich weiter ...« Und überhaupt, wo waren die Lehrer, wenn man sie *einmal* wirklich brauchte?

»Wenn dir der Unterricht wichtiger ist als deine Freundin – na gut. Wir können warten.« Der Junge, der seinen Brief zurück wollte, zuckte demonstrativ mit den Schultern, ehe er die Arme vor der Brust verschränkte. »Gibst du ihn uns eben morgen früh.« Wuschel heulte auf.

»Nein, nein, okay, ich gehe ja. Ich gehe schon.« Olaf hatte keine Wahl, er konnte gar nichts anderes tun. Er würde eine Schulstunde verpassen. Er würde schwänzen, zum ersten Mal in seinem Leben. Wuschel sackte auf die Stufen und weinte hemmungslos, Latif kämpfte noch immer gegen seinen Zorn an und stand wie erstarrt vor ihm. Die Jungen aus Berts Klasse warteten darauf, dass er sich auf den Weg machte. Olaf zwang seinen bebenden Körper dazu, ihm zu gehorchen und drehte sich um.

»Und Dicker ...« Olaf wandte sich noch einmal um. Der Junge starrte ihn drohend an. »Kein Wort zu irgendwem, niemals. Sonst erfährt die Schulleitung von dem blöden Nager und das wäre deiner Freundin sicher nicht recht.«

Olaf war geistesgegenwärtig genug, seine Monatsfahrkarte und seinen Hausschlüssel zu holen, eher er nach Hause eilte. Zum ersten Mal war er froh, dass seine Mutter den ganzen Tag bei der Arbeit war. Er hätte keine Erklärung dafür gewusst, warum er am Vormittag eine Stippvisite zu Hause einlegte, um dann wieder zur Schule zurückzukehren. Den Weg legte er wie in einem Nebel zurück; gleichzeitig war er aber auch hellwach. Er tat das einzig Richtige; es gab sonst nichts, keine andere Möglichkeit. Sicher, er hätte darauf vertrauen können, dass die beiden Freddy nichts antaten und ihn am nächsten Morgen übergeben würden, doch Katharina hätte ihm das niemals verziehen. Schließlich ging es nur um eine Schulstunde, nicht wahr? Es war nicht der Weltuntergang, niemand würde sterben oder verletzt werden. Obwohl, wer wusste schon, was noch geschehen würde. Er hatte Latif noch nie so wütend gesehen. Und den beiden musste klar sein, dass er, Olaf, kein großer Kämpfer war. Wuschel dagegen – sie hatten sie bedroht und ihr Freddy weggenommen. Er traute ihr zu, allein auf die beiden loszugehen. Nein, das musste er verhindern. Keine Prügelei! Das würde sie nur in noch mehr Schwierigkeiten bringen und letzten Endes konnte es dazu führen, dass Katharina von der Schule verwiesen wurde, wenn herauskam, dass sie Freddy schon wieder dabeigehabt hatte.

Olaf schloss fahrig die Wohnungstür auf und hastete in sein Zimmer. Er steckte den Brief ein und atmete kurz durch, ehe er sich eilends auf den Rückweg machte. Er sah nervös auf die Uhr und hoffte, dass er es zur nächsten Pause in die Schule schaffen würde. In der Straßenbahn hatte er den Eindruck, dass ihn die Leute vorwurfsvoll anstarrten. ›Wieso bist du nicht in der Schule?‹, schienen sie zu denken. Es war ihm schrecklich unangenehm, dass sie ihn für einen Schulschwänzer halten mussten. Er versuchte, die ältere Frau, die ihm gegenübersaß, anzulächeln, spürte aber, dass ihm nur eine Grimasse gelang. Den Rest der Strecke sah er steif aus dem Fenster und tat so, als nähme er die anderen gar nicht wahr.

Er konzentrierte sich auf den Brief. Zu dumm, dass er ihn gleich hergeben musste. Er war ein Beweisstück, mit dem sie etwas gegen die beiden Jungs in der Hand gehabt hätten. Er sollte ihn wenigstens fotografieren, ehe er ihn ganz los war. Gleich, nachdem er ausgestiegen war, faltete Olaf den Zettel auseinander und machte mit seinem Handy eine Aufnahme davon. Er hatte keine Ahnung, was er damit anfangen sollte, denn er konnte sie nie verwenden, ohne Katharina zu gefährden. Sie hatten Berts Peiniger eindeutig unterschätzt.

Olaf rannte mitten in der kurzen Pause in die Schule hinein und zu Berts Klassenzimmer. Ohne ein weiteres Wort hielt er dem Verfasser sein anonymes Schreiben entgegen. Der nahm es an sich und drückte Olaf Freddy in die Hand. Das kleine Tier schien unbeschadet, nur aufgeregt. Olaf steckte ihn sich unters T-Shirt und hielt ihn mit einem Arm dort fest. Er spürte, wie sich kleine Rattenkrallen in seinen weichen Bauch bohrten. Es tat weh, doch er verzog keine Miene. Er eilte hinaus, zu Wuschels Klassenzimmer, wo sie bereits auf dem Gang davorstand und ihm bang entgegensah. Er zog Freddy heraus, der glücklich und zufrieden in Wuschels Arme hüpfte.

»Danke, Olaf«, flüsterte Wuschel mit Tränen in den Augen. »Das werde ich dir nie vergessen!«

»Schon gut«, raunte er zurück und flog förmlich zu seinem eigenen Klassenzimmer, denn gerade läutete es zur nächsten Stunde. Er kam gleichzeitig mit dem Lehrer dort an. Dummerweise war es derselbe Lehrer, bei dem sie auch die Stunde davor gehabt hatten. Er sah ihn erstaunt an.

»Ach, Olaf, tauchst du doch noch auf? Wo warst du? Ist alles in Ordnung?«

Olaf nickte mit einem dicken Kloß im Hals und sah ihn nur schweigend an.

»Tja, wenn du mir keine Erklärung geben kannst, werde ich einen Vermerk im Klassenbuch machen und dir eine Strafarbeit geben müssen, das ist dir doch klar?«

Olaf nickte wieder, dieses Mal sehr langsam.

»Bisher bist du ja nicht unangenehm aufgefallen, Olaf, deshalb lasse ich es dabei bewenden. Aber ich rate dir, nicht noch einmal den Unterricht ohne eine Entschuldigung zu verpassen, sonst muss ich deine Mutter benachrichtigen.« Der Lehrer marschierte ins Zimmer und Olaf huschte schnell auf seinen Platz.

Es dauerte lange, bis er sich einigermaßen von dem unerfreulichen Abenteuer erholt hatte. Von den restlichen Schulstunden bekam er jedenfalls nichts mehr mit.

F R A G E :   *Wen nennen die beiden fiesen Jungs »Dicker«?*

 Du brauchst den 4. Buchstaben.

Kapitel 21

# Latifs große Überraschung

»Es tut mir so leid«, schluchzte Wuschel. »Es ist alles meine Schuld. Und ich habe dich in diese furchtbare Lage gebracht.« Sie schniefte und schnäuzte sich in ein aufgeweichtes Papiertaschentuch.

Olaf konnte sich nicht erinnern, sie schon einmal so durcheinander erlebt zu haben. Nun ja, er kannte sie eigentlich auch erst seit ein paar Wochen, doch es fühlte sich an, als wären sie schon immer Freunde gewesen und er hatte Katharina bisher als abenteuerlustig, übermütig und waghalsig eingeschätzt, außerdem ziemlich taff. Allerdings, wenn es Freddy betraf, ging es für sie um alles. Er erinnert sich daran, wie aufgelöst sie war, als ihr Freddy im Museum abhandenkam und sie ihn gemeinsam suchten.

Sie saßen zu viert in Latifs Zimmer – die drei Detektive und Freddy, der in Wuschels Schoß lag und mit Erdnüssen gemästet wurde, um sich über den Schreck hinwegzutrösten. Dabei sah er gar nicht erschrocken aus, sondern eher ein bisschen gierig. Seit sie vor zehn Minuten eingetroffen waren, hatte Wuschel nicht aufgehört, sich zu entschuldigen, die beiden Übeltäter, die ihre Ratte in ihrer Gewalt gehabt hatten, zu beschimpfen, und zu weinen. Olaf und Latif wechselten mehrere ratlose Blicke, während Wuschel nicht aufhören zu können schien.

»Ist schon okay, wirklich«, erwiderte Olaf zum wiederholten Mal. »Das hast du nicht ahnen können, und es ist ja auch nichts Schlimmes passiert.«

Wuschel heulte erneut laut auf. Offenbar hatte er genau das Falsche gesagt. Oder? Er hob hilflos die Hände und zog eine Grimasse zu Latif. Katharina bekam nichts davon mit, weil sie ihr Gesicht in einem neuen Taschentuch vergraben hatte.

»Aber ... wir ... haben ... unser Druckmittel ... verloren«, schluchzte sie gedämpft unter dem Papiertuch hervor.

»Unseren Beweis, meinst du wohl«, korrigierte Latif sie vorsichtig. »Uns fällt bestimmt etwas anderes ein. Hauptsache, Freddy geht es gut.«

Latifs Mutter, Frau Arslan, steckte den Kopf zur Tür herein, um zu fragen, ob sie noch etwas brauchten. Eine Platte voll mit Revani-Stücken, einem unglaublich süßen, sirupgetränkten Zitronenkuchen, der grandios schmeckte, stand halb geleert auf Latifs Schreibtisch. Frau Arslan warf einen Blick auf Wuschel und runzelte die Stirn.

»Ist alles in Ordnung?«, fragte sie. Latif zuckte mit den Schultern.

»Katharina, komm mal mit.« Sie klang streng und sanft in einem.

Wuschel sammelte Freddy und die Erdnüsse ein, steckte alles in ihre extragroße Jackentasche und folgte Latifs Mutter wortlos hinaus. Als sie eine Viertelstunde später wiederkam, waren ihre Augen trocken, ihr Gesicht nur noch leicht rotfleckig und ein kleines Lächeln huschte ihr über die Lippen. Olaf starrte sie verblüfft an.

»Was hat meine Mutter mit dir gemacht?«, wollte Latif wissen.

»Sie hat mit mir gebetet«, erklärte Wuschel. »Und das hat geholfen. Ich weiß zwar nicht, wie, aber jetzt fühle ich mich besser.«

»Gebetet? Was denn?« Olaf riss die Augen auf vor Staunen.

»Ach, keine Ahnung, zu Jesus eben, so wie du auch.«

Olafs verdutzter Blick wanderte zu Latif, dessen Gesicht sich einen Hauch Rosa färbte.

»Äh, ja, ich wollte dir das noch sagen«, meinte Latif verlegen und kratzte sich an der Schulter. »Wir sind auch Christen, weißt du? Noch nicht so lange, aber schon eine Weile, ein paar Wochen oder so. Das ist noch ziemlich neu und ich weiß manchmal nicht, wie ich das ausdrücken soll.« Er schluckte aufgeregt. »Mann, ich weiß noch nicht mal, wie ich dir jetzt klarmachen soll, was ich eigentlich sagen will.«

»Kein Problem«, erwiderte Olaf langsam. »Das ging mir am Anfang genauso. Aber ich verstehe es nicht ganz. Wieso seid ihr Christen? Ihr seid doch türkisch, oder? Geht das überhaupt?«

Latif zog die Nase kraus. »Ja, das geht, ist aber schwierig. Klar, die meisten Türken sind Moslems. Waren meine Eltern auch, nur ich und mein Bruder haben uns da nicht so hingezogen gefühlt. Wahrscheinlich, weil meine Eltern uns nicht gedrängt haben. Dann hatte mein Vater ein Erlebnis, das ihn davon überzeugt hat, dass Jesus derjenige ist, an den er glauben will. Er hat seinen Glauben an meine Mutter weitergegeben und danach auch an uns. Jeder von uns hat seine eigene Entscheidung für Jesus getroffen.«

»Wow«, machte Olaf leise. Diese Neuigkeiten musste er erst noch verdauen. Nie im Leben hätte er damit gerechnet, dass Latif und seine Familie auch Christen waren. »Und wie ist das so?«

»Cool«, antwortete Latif. »Und schwer. Ich bin davon überzeugt, dass Jesus der Richtige ist, genau wie Tarik und unsere Eltern. Doch unsere Familie und Freunde haben sich von uns losgesagt. Das ist echt hart. Wir werden von allen ignoriert, die es wissen. Immerhin gehen wir jetzt in eine christliche Gemeinde, aber das ist nicht dasselbe.«

»Nein, ist es wohl nicht«, murmelte Olaf betroffen. Er hatte nicht geahnt, womit Latif und die Arslans fertigwerden mussten, nur weil sie Christen geworden waren.

»Leute, was unternehmen wir wegen der beiden Fieslinge?« Wuschel klang wieder ganz wie die Wuschel, die sie kannten. »Jetzt, wo der Brief weg ist, müssen wir uns etwas anderes einfallen lassen, um es ihnen heimzuzahlen.«

»Du willst dich rächen?«, fragte Latif.

»Klar will ich mich rächen. Die haben Freddy und mich bedroht, Olaf gezwungen, eine Schulstunde zu schwänzen, und Bert quälen sie schon länger. Das können wir doch nicht einfach hinnehmen.«

Latif sah sie eine Weile nachdenklich an. »Tja, vielleicht nicht, aber von Rache halte ich nichts«, meinte er schließlich. »Aber womit du auf jeden Fall recht hast, ist Bert. Wir können ihn nicht den beiden überlassen. Die werden so weitermachen wie bisher und nicht nur bei ihm.«

»Mir ist noch nichts dazu eingefallen«, warf Olaf ein. »Wir sollten uns auf unseren Fall konzentrieren. Frau Jahn ist immer noch in Gefahr und wir haben ihr versprochen, uns darum zu kümmern. Nachdem wir nun wissen, dass Berts Vater nicht derjenige ist, den wir suchen, müssen wir wieder von vorn anfangen. Irgendwelche Ideen?«

»Hast du schon etwas über den Kartonschnipsel herausgefunden?«, fragte Wuschel.

»Nein. Ich konnte nicht, meine Mutter hat mich immer dabei gestört. Sie wacht mit Argusaugen darüber, dass ich meine Hausaufgaben mache und mehr lerne, seit wir bei Frau Jahn fertig sind. Und wenn ich im Bett bin, kommt sie noch ein paar Mal herein und sieht nach, ob ich auch schlafe. Ich glaube, sie ahnt etwas.« Er seufzte. »Aber heute Abend will ich es noch einmal probieren. Sie erwartet einen Anruf meiner Tante und die beiden reden immer sehr lange miteinander. In der Zeit kann ich sicher mein Glück im Internet versuchen.«

»Ja, ich muss auch noch etwas tun«, stimmte Wuschel zu. »Ich schreibe nächste Woche noch zwei weitere Tests und die dürfen nicht so schlecht laufen wie der von heute.«

»Dann schlage ich vor, dass jeder für sich über den Fall nachdenkt und Olaf die Sache mit dem neuen Fundstück klärt«, schlug Latif vor. »Morgen müssen wir unbedingt entscheiden, wie wir weiter vorgehen wollen. Ich will nicht akzeptieren, dass wir in einer Sackgasse stecken.«

»Nein, das will ich auch nicht«, stimmte Olaf zu.

»So machen wir es«, bestätigte Wuschel und nahm sich ein Stück Revani.

Olaf hatte mit seinen Erwartungen absolut richtig gelegen, wie er am Abend feststellte. Seine Tante rief nach dem Essen an, als er gerade am Computer saß und nach interessanten Details für einen Deutsch-Aufsatz suchte. Seine Mutter, die ihm über die Schulter geschaut hatte, eilte hinaus, um es sich mit dem Telefon im Wohnzimmer gemütlich zu machen. Die wöchentlichen, ausgiebigen Gespräche mit ihrer Schwester waren wichtig für sie. Auch, wenn sie jetzt näher zusammen wohnten, sahen sie sich nicht sehr viel öfter, denn als Flugbegleiterin war seine Tante ständig in der ganzen Welt unterwegs.

Olaf schätzte, dass er ungefähr eine Stunde Zeit hatte, um etwas über den Fetzen Karton herauszufinden. Er holte ihn aus seiner Schublade und besah ihn sich zunächst noch einmal ganz genau mit der Lupe und in hellem Licht. Das Material war von gelblicher Farbe und fest, ungewöhnlich dick mit fünf Millimetern. Die Buchstaben, die er erkennen konnte, waren mit Schwarz auf ockerfarbenem Untergrund aufgedruckt. Da stand

rasser
ubert
Soign
elgiqu

Lange zerbrach er sich den Kopf darüber, welche Worte sich aus den Bruchstücken formen ließen, doch es war zwecklos, es kam nichts Sinnvolles dabei heraus. Schließlich versuchte er es mit einer Websuchmaschine und gab ›elgiqu‹ ein. Mit irgendetwas musste er schließlich anfangen, warum also nicht mit dem Letzten? Es gab ein paar Treffer, doch nichts schien einen Sinn zu ergeben. Olaf ließ die Seite auf dem Bildschirm weiterwandern. Seine Augen stießen auf ›Belgique‹. Etwas regte sich in seinem Gehirn. Er war keine Größe in Französisch, aber war das nicht das Wort für Belgien?

Natürlich, der Buchstabensalat war Französisch! Kein Wunder, dass er keine vernünftigen deutschen Worte finden konnte. Olaf tippte alle vier Bruchstücke hintereinander in das Eingabefeld der Suchmaschine und drückte auf Enter. Vor ihm formierte sich *Brasserie Loubert Soignies Belgique*. Das musste es einfach sein – alles passte so gut! Doch was hieß das? Nur zwei Wörter ließen sich überhaupt übersetzten – *Brasserie* hieß Brauerei und *Belgique* Belgien. Also eine Brauerei in Belgien – Brauerei Loubert in einem Ort namens Soignies in Belgien. Der Fetzen stammte vermutlich von einem alten Bierdeckel. Soignies fand Olaf problemlos auf einer Landkarte und mit einer Suchanfrage im Internet.

Als er weiter nachforschte, stieß er auf einige Einträge zur Brauerei Loubert in Soignies. Einer davon war ein alter Zeitungsartikel von Dezember 1918. Er konnte nichts davon verstehen, weil der Text in Französisch verfasst war. Doch als er das Foto betrachtete, überfiel ihn mit einem Mal eine Gänsehaut. Es war das Bild eines Babys, und die Kleidung, die es trug, kam Olaf entsetzlich bekannt vor, sogar in Schwarz-weiß.

FRAGE: Aus welchem Land stammt das papierne Fundstück, das Wuschel in der Babyjacke gefunden hat?

Du brauchst den 3. Buchstaben.

## Kapitel 22

# Eine Entführung in Belgien, und der Tag wird immer schlimmer

»Ist Tante Karolin noch dran?« Olaf stürmte ins Wohnzimmer und riss seiner Mutter beinahe das Telefon aus der Hand vor lauter Aufregung.

»Ja. Was soll denn das?« Seine Mutter warf ihm einen tadelnden Blick zu. »Ich unterhalte mich gerade. Was willst du?«

»Ich muss unbedingt mit ihr sprechen!«

»Hat das nicht Zeit bis nachher?«

»Nein. Ja.« Olaf fuhr sich verzweifelt durchs Haar. »Sie soll nur nicht auflegen. Es ist unheimlich wichtig!«

»In Ordnung.« Seine Mutter setzte ihr Gespräch fort und Olaf tigerte nervös durchs Zimmer, aufmerksam lauschend und aufpassend, damit seine Mutter nicht aus Versehen doch auflegte. »Oh, na schön«, rief sie schließlich und hielt ihm das Telefon entgegen, »wenn du so unruhig bist, kann ich mich ohnehin nicht richtig unterhalten. Hier, klär mit Karolin, was du zu klären hast, und lass mich danach in Ruhe weitertelefonieren.«

Olaf flog förmlich zu ihr und nahm ihr den Hörer ab.

»Hallo Olaf, was ist denn so unheimlich dringend, dass es nicht warten kann?«, hörte er die vertraute Stimme seiner Lieblingstante und ihr leises, perlendes Lachen. »Soll ich dir etwas aus Chile mitbringen?«

»Du bist in Chile? Nein, nichts mitbringen. Du kannst doch Französisch, oder?«

»Ja, kann ich.«

»Gut. Ich möchte dich um einen Gefallen bitten, und es ist wirklich sehr, sehr wichtig.«

»Hm, spann mich nicht auf die Folter, Olaf. Was soll ich tun?«

»Ich schicke dir einen Link zu einem französischen Zeitungsartikel. Könntest du den für mich übersetzen?« Seine Mutter gab ihm einen Stups. »Bitte.«

»Na klar. Das ist kein Problem.«

»Heute noch?«

»Uh, so eilig, hm? Na gut, ich will sehen, was ich tun kann.«

»Klasse, ich maile ihn dir sofort. Du kannst doch deine Mails abrufen in Chile?«

»Ja, kann ich.«

»Danke, Tante Karolin, du bist die Beste!« Strahlend gab er seiner Mutter das Telefon zurück und verzog sich in sein Zimmer. Als seine Mutter zehn Minuten später zu ihm kam, war Olaf eifrig mit seinem Aufsatz beschäftigt.

»Also, Olaf, was war das mit dem Zeitungsartikel? Brauchst du das für die Schule?«

Olaf zögerte. Es wäre so leicht, zu lügen und einfach ja zu sagen. Sie würde ihm sicher glauben. Doch das wollte er nicht.

»Nein. Das hat nichts mit der Schule zu tun. Es geht um einen Fall für W.O.L.F.« Er sah sie vorsichtig an. Was würde sie sagen? Bisher schien sie nicht so glücklich mit seinem Detektivclub zu sein.

»So so, für einen Fall also.« Sie betrachtete ihn prüfend. »Versprich mir nur, dass ihr euch nicht wieder in Schwierigkeiten begebt. Und dass die Schule nicht darunter leidet.«

»Ja.« Was hätte er auch sonst sagen sollen? Beides war seine Absicht, aber manchmal konnte er die Umstände nicht beeinflussen. Er fühlte sich versucht, ihr von der versäumten Schulstunde zu erzählen. Irgendwann würde sie es ohnehin erfahren und dann besser von ihm. Doch ausgerechnet jetzt konnte er es nicht tun. Sie brachte es sonst fertig und verbot ihm, weiter an dem Fall zu arbeiten, oder vielleicht sogar, seine Freunde zu treffen. Immerhin war er wegen Wuschel in diesen Schlamassel geraten. Nein, er würde es ihr sagen, sobald der Fall gelöst war, gleich danach. Es konnte schließlich nicht mehr lange dauern.

Olaf checkte bis zum Schlafengehen immer wieder seine Mailbox, doch es kam nichts von seiner Tante. Unruhig wälzte er sich im Bett herum, sah noch einige Male auf seinem Handy nach, aber irgendwann wurde er müde und schlief ein. Das Erste, was er am nächsten Morgen nach dem Aufwachen tat, war, seine E-Mails abzurufen. Ja, da war es! Tante Karolin hatte ihm den Gefallen getan und den gesamten langen Artikel übersetzt. Olaf nahm vor dem Bildschirm Platz und fing an zu lesen. Seine Augen wurden immer größer, während er die unglaublichen Informationen aufsaugte.

Als er den Artikel beendet hatte, fuhren seine Gedanken Karussell. In Soignies in Belgien war am Ende des Ersten Weltkrieges ein Baby verschwunden, das Kind des Inhabers der Brauerei Loubert. Es gab eine Beschreibung des Kindes – drei Monate alt, weiblich, blondes Flaumhaar, ein herzförmiges Muttermal auf dem Unterarm – und der Kleidung, die ihm mehr als bekannt vorkam – rosafarbene, gestrickte Jacke und Mütze, eine hellbraune Strampelhose, ein weißes Blüschen. Die Frage war jetzt, warum versteckte jemand diese Kleidungsstücke in Frau Jahns Keller?

Olaf mailte die Übersetzung und den Link zu Artikel und Foto aufgeregt an Wuschel und Latif und eilte zum Frühstück, obwohl er sich fragte, ob er überhaupt einen Bissen hinunterbringen würde. Es stellte sich heraus, dass er es konnte.

In der Hofpause versammelten sich die drei Detektive an ihrem üblichen Treffpunkt.

»Ich habe gleich nachgesehen, als ich deine Mail gelesen hatte«, sagte Latif ohne eine Einleitung, sobald alle da waren. »Erinnert ihr euch an die Antwerpen-Maas-Stellung, von der ich euch erzählte? Diese letzte Verteidigungslinie im Westen, ehe der Krieg zu Ende war?« Als die anderen nickten, fuhr er fort. »Soignies liegt an dieser Linie.«

»Okay, wenn man alle Fakten zusammenführt, dann ergibt sich – was?«, entgegnete Wuschel. »Dass Frau Jahns Vater das Baby dieser belgischen Familie entführt hat?«

»Was sonst?«, fragte Olaf zurück. »Wir wissen, dass ihr Vater – Eduard Pfitzner – im Krieg war und mit seinem Regiment an der Westfront kämpfte. Wir wissen, dass er am Ende des Krieges, ehe es Richtung Heimat ging, eine Nacht-und-Nebel-Aktion startete und einen Schatz mit nach Hause brachte. Wir wissen jetzt auch, dass er sich wahrscheinlich zu dieser Zeit in der Nähe von Soignies in Belgien befand, wo ein Baby entführt wurde, und dessen Kleidung fanden wir in Frau Jahns geheimem Keller.«

»Ist das nicht total bescheuert?«, wunderte sich Wuschel. »Wer würde so etwas tun? Aber ich gebe zu, die bisherige Beweislage ist ziemlich eindeutig. Ob Frau Jahn etwas davon ahnt, dass ihr Vater ein Entführer war? Die Arme.«

»Geht es bei Entführungen nicht um Lösegeld?«, überlegte Latif. »Bestimmt hat Frau Jahns Vater das Kind entführt, um ein Lösegeld zu erpressen. Dann brachte er das Kind zurück – in dieser Nacht, über die er im Tagebuch schreibt – und kam mit viel Geld nach Hause. Damit hat er seiner Familie ein gutes Leben finanziert. Oder vielleicht erhielt er doch Edelsteine als Bezahlung, die er irgendwo versteckt hat.«

»Und die Babykleidung? Wieso hat er die behalten?«, fragte Wuschel skeptisch.

»Er musste dem Kind etwas anderes anziehen, damit es nicht erkannt wurde. Und dann konnte er die alten Kleider nicht loswerden, deshalb hat er sie versteckt.«

»Verbrennen wäre einfacher gewesen«, brummte Katharina.

»Ja, das stimmt«, meinte Olaf. »Womöglich hat er sie noch gebraucht und konnte sie nicht loswerden.«

Wuschel hob die Augenbrauen. »Die Entführungstheorie würde vieles erklären. Jemand wollte verhindern, dass wir etwas darüber herausfinden, deshalb sucht dieser Jemand das alte Tagebuch und wollte uns aus dem Haus von Frau Jahn vertreiben. Genau deshalb ist der Grundriss verschwunden, in dem der geheime Raum eingezeichnet ist.«

»Was würde denn passieren, wenn nach fast hundert Jahren herauskommt, wer der Entführer dieses Babys war?«, überlegte Olaf laut. »Würde das überhaupt noch jemanden interessieren?«

»Wir könnten Sebastian fragen«, schlug Wuschel vor und meinte damit den Polizisten Sebastian Seelig, einen Freund ihrer Eltern, der bereits Bekanntschaft mit dem Detektivclub gemacht hatte.

»Ob das noch strafbar ist oder nicht – es geht hauptsächlich um den Ruf der Familie und dieses Herrn Pfitzners. Er ist eh schon lange tot und könnte nicht mehr verurteilt werden.« Latif löste sich vom Zaun, denn gerade ertönte die Klingel zum Pausenende. »Wenn jedoch herauskommt, wie die Familie Pfitzner ihr Vermögen erhalten hat, werden die Nachkommen ihres Lebens nicht mehr froh. Frau Jahn würde das Geld bestimmt zurückbezahlen wollen oder müssen. Vielleicht könnte sie sich das gar nicht leisten und deshalb muss die Wahrheit um jeden Preis verborgen bleiben. Sie würde ihre Kinder, Enkel und Urenkel um ihr Erbe bringen. Das nenne ich mal ein Motiv!«

»Was uns dazu noch fehlt, sind Beweise«, sagte Olaf, während sie auf die große Treppe zugingen. »Und ich weiß nicht, wie wir die bekommen sollen.«

»Wir vertagen die Beratung.« Wuschel hob die Hand zu einem kurzen Winken, ehe sie auf ihren Flur abbog und verschwand.

Am Nachmittag trafen sie sich bei Frau Jahn. Die Detektive wollten noch einmal mit der alten Dame sprechen, in der Hoffnung, irgendetwas Neues aus ihr herauszukitzeln. Es wurde beständig schwieriger, ihren Eltern klarzumachen, dass sie Dringenderes zu erledigen hatten als zu lernen. Es wurde wirklich höchste Zeit, diesen schwierigen Fall zu Ende zu bringen.

Da sie ja nun nicht mehr auf Frau Jahns Dachboden arbeiteten, gab sich ihr Erpresser vielleicht zufrieden. Vielleicht aber auch nicht. Sie wollte all die ausgemusterten Familienstücke weggeben, allein das mochte für den Schnüffler Grund genug sein, seine Drohung in die Tat umzusetzen. Würde er lieber das Haus niederbrennen als zuzulassen, dass die Sachen in fremde

Hände gerieten und mit ihnen womöglich auch das Familiengeheimnis?

Olaf konnte die Beklemmung nicht abschütteln, als er darüber nachdachte, während er mit Latif zu Wuschels Haustür ging, um sie abzuholen. Frau Karmann öffnete und sah sie streng an.

»Nur, damit ihr Bescheid wisst – Katharina darf heute mit euch gehen, weil ihr ja nur nebenan seid und Frau Jahn mit eurem Besuch eine Freude macht. Aber den Rest der Woche hat sie Hausarrest.«

Olaf und Latif sahen sie betreten an. Wuschel tauchte hinter ihrer Mutter auf und schob sich blass an ihr vorbei. Sie wirkte sogar richtig krank. Grämte sie sich so? Mussten sie am Ende den Fall ohne sie auflösen? Sie sagte nichts, sondern ging zielstrebig auf das Haus ihrer Nachbarin zu.

Frau Jahn hatte die Detektive kaum erblickt, da fing sie an zu weinen.

»Stellt euch vor, ich habe wieder einen dieser Briefe erhalten!«

Oh nein! Olaf spürte, wie seine Nackenhaare sich aufstellten. Seine Befürchtung war Wirklichkeit geworden.

**FRAGE:** *In welcher Sprache ist der Artikel verfasst, den Olafs Tante übersetzt?*

Du brauchst den 8. Buchstaben.

Kapitel 23

# Auf der Lauer an der Hütte am Waldsee

Olaf folgte Frau Jahn mit wackligen Knien in die Küche und sah, dass es Latif und Wuschel ähnlich ging wie ihm selbst. Was mochte der Erpresser sich dieses Mal ausgedacht haben? Erstaunt entdeckte er einen alten, glatzköpfigen Mann in abgetragenen, speckigen Kleidern an Frau Jahns Küchentisch. Ein Obdachloser? Er sah auf und starrte sie grimmig an. In den Händen hielt er ein Blatt Papier.

»Das sind die Kinder, von denen ich dir erzählt habe«, krächzte die alte Frau mit angeschlagener Stimme. Sie ließ sich umständlich auf einen Stuhl nieder. »Und das ist mein Bruder, Hermann Pfitzner. Er kam vorbei, als ich gerade den Brief gefunden hatte. Ich war so froh, dass er da war, um mir beizustehen. Aber das war er ja immer.« Sie warf ihm ein dankbares, schmales Lächeln zu, ehe sich ihr Gesicht wieder kummervoll verzog.

»Du darfst das nicht auf die leichte Schulter nehmen«, mahnte Herr Pfitzner, was Olaf unsinnig vorkam, da seine Schwester offensichtlich fast zusammenbrach. Ganz bestimmt nahm sie die Angelegenheit nicht leicht.

»Ja, ja, es ist an der Zeit, damit zur Polizei zu gehen«, pflichtete sie ihm heiser bei.

Wuschel wollte protestieren, sackte dann aber nur in sich zusammen. Der Bruder nahm Frau Jahn bei den Händen.

»Warum hast du mir nicht früher davon erzählt? Ich hätte doch etwas unternehmen können.«

»Aber was denn? Nein, nein, der einzige Weg ist jetzt die Polizei.«

»Dürfen wir den Brief lesen?«, fragte Latif. Herr Jahn gab das Papier höchst widerwillig her. Die Detektive beugten sich gemeinsam darüber.

*Dies ist die letzte Warnung! Tue nichts und weihe niemanden ein. Keine Polizei. Dein Haus wird brennen wie Zunder!*

Olaf wurde ganz schlecht, als er das las. Der unheimliche Eindringling wollte Frau Jahn aus ihrem Zuhause vertreiben, so viel war klar, bei allem, was sie bisher herausgefunden hatten. Sie mussten Frau Jahn unbedingt über alles aufklären, aber nicht, solange ihr Bruder dabeisaß. Wie konnten sie ihn nur loswerden?

»Es ist keine gute Idee, zur Polizei zu gehen«, widersprach Herr Pfitzner. »Du wirst ausdrücklich davor gewarnt und ich glaube, der Kerl meint es sehr ernst. Willst du etwa, dass unser Elternhaus zerstört wird? Mit allem, was uns von den Eltern geblieben ist?« Er blickte seine Schwester finster an. »Ich verstehe sowieso nicht, warum du ihren Besitz hergeben willst. Das sind Familienstücke, unser Erbe, das Vermächtnis an deine Kinder und deren Nachkommen. Denk nur dran, wie traurig sie einmal sein werden, wenn alles, was ihren Vorfahren etwas bedeutet hat, verschwunden ist.«

»Es ist doch nur ein Haufen Müll, Hermann«, erwiderte Frau Jahn schwach. »Wir müssen das nicht ausgerechnet jetzt noch einmal diskutieren, nicht vor den Kindern.«

Herr Pfitzner ließ seinen finsteren Blick über die Detektive schweifen. Er machte keinen Hehl daraus, dass er sie liebend gern los gewesen wäre. Frau Jahn straffte die Schultern.

»Nein, ich übergebe die Sache der Polizei. Ich lasse mich nicht einschüchtern.« Sie lächelte sogar ein kleines bisschen. »Es tut mir leid, dass ich euch den Fall nun wegnehmen muss, aber ihr versteht sicher, dass es viel zu gefährlich geworden ist.«

Die Detektive nickten zögernd.

»Sie müssen mit Sebastian Seelig sprechen«, erklärte Wuschel leise. »Er ist unser Freund und er wird uns glauben, wenn wir ihm erzählen, was …« Olaf gab ihr schnell unter dem Tisch einen Tritt, damit sie den Mund hielt. Sie warf ihm einen kurzen Blick zu. » … was Sie uns über die Briefe gesagt haben«, schloss sie geistesgegenwärtig.

»Ist das dein letztes Wort? Willst du wirklich alles riskieren und die Polizei einschalten?« Herr Pfitzner blitzte seine Schwester zornig an.

»Ja, Hermann, es muss sein.«

»Dann musst du das allein tun, Elisabeth. Ich bin dagegen und ich werde keine Verantwortung für das übernehmen, was noch geschehen wird. Denk an die Konsequenzen deines Handelns!« Er erhob sich und stürmte ohne ein Wort des Abschieds hinaus. Frau Jahn sah ihm verwirrt nach.

»Nehmt es ihm nicht übel, er hat ein hitziges Temperament. Ja, das hat er, selbst in diesem Alter noch.«

Zum allerersten Mal schien es Frau Jahn in ihrer Strickjacke zu warm zu werden. Sie zog sie aus. Darunter trug sie ein hellgrünes T-Shirt mit einer Spitzenverzierung am Halsausschnitt und den Ärmelkanten. Olaf wunderte sich über ihre dünnen Arme mit der faltigen, fleckigen Haut. So sah man wohl aus, wenn man beinahe hundert war. Auf ihrem rechten Unterarm fiel ihm ein Muttermal auf. So eins hatte er noch nie gesehen. Er musterte es interessiert, bis seine Gedanken abdrifteten.

Irgendetwas an dieser Situation kam ihm merkwürdig vor. Nur was? Lag es an Herrn Pfitzner? Er schien ein komischer alter Kauz zu sein. Warum war er überhaupt hergekommen?

»Wo wohnt Ihr Bruder eigentlich?«, fragte Wuschel interessiert.

»Oh, Hermann ist ein Eigenbrödler. Er lebt in einer Hütte am Waldsee. Diese Hütte hat er selbst gebaut, vor vielen Jahren. Der Besitzer des Grundstückes hatte ihm damals die Erlaubnis erteilt, allerdings nur mündlich. Inzwischen ist der Mann tot und seine Kinder wollen Hermann von dort vertreiben. Nur, Hermann ist so stur. Er sagt, dass er fast sein ganzes Leben dort verbracht hat und so lange bleibt, bis er stirbt. Sie versuchen, ihn mit einer Klage zum Aufgeben zu zwingen, aber noch ist nichts entschieden.«

Katharina schob sich hinter dem Tisch heraus und streckte Frau Jahn die Hand hin. »Tut mir leid, aber wir müssen dringend weg.«

»Wollt ihr denn nicht auf die Polizei warten?« Frau Jahn klang enttäuscht. Bestimmt wollte sie jetzt nicht allein sein. »Ich rufe sie gleich an.«

»Würden wir schon gern, aber es geht nicht. Wir schauen vielleicht später noch mal vorbei.« Wuschel warf dringliche Blicke um sich und Latif und Olaf gehorchten und verabschiedeten sich. Auf der Straße hielten sie an. »Ich kenne diese Hütte, der See ist ganz in der Nähe. Und ich habe ein ungutes Gefühl bei der Sache. Ich glaube, dieser Mann ist unser Gesuchter.«

»Ja, daran habe ich auch die ganze Zeit gedacht«, stimmte Latif zu. »Ich saß direkt neben ihm und er roch eindeutig nach Zigaretten.«

»Was schlagt ihr vor?«, wollte Olaf wissen. Ihm waren dieselben Gedanken gekommen wie den beiden anderen. »Wollen wir nicht doch warten, bis die Polizei hier ist?«

»Nein. Wir gehen zu der Hütte und klauen ihm einen Ausdruck.« Wuschel klang entschlossen, allerdings nicht so wie sonst. Sie sah immer noch blass aus. Latif wippte unruhig auf den Zehenspitzen.

»Ich glaube auch, dass wir keine Zeit verlieren sollten. Wenn er unser gesuchter Mann ist, wird es für ihn brenzlig, sobald Frau Jahn die Polizei einschaltet. Früher oder später werden sie auf ihn stoßen.«

»Das heißt, er ist gezwungen, etwas zu unternehmen?« Olaf runzelte die Stirn. »Ja, vielleicht will er abhauen.«

»Was auch immer, wir müssen ihn davon abhalten und uns einen Beweis verschaffen. Wenn wir den Sebastian geben, kann er viel schneller etwas gegen Herrn Pfitzner unternehmen.« Wuschel zog die Nase hoch.

»Ist alles in Ordnung mit dir?«, erkundigte sich Olaf. Wuschel zuckte mit den Schultern.

»Keine Ahnung, ich fühle mich wirklich komisch. Leichte Kopfschmerzen, das hab ich sonst nie.«

»Worauf warten wir?« Latif stupste sie aufmunternd an. »Du musst uns den Weg zeigen, Wuschel. Auf zur Hütte!«

Herrn Pfitzners Behausung lag auf einer Waldlichtung direkt am Seeufer. Der Platz strahlte eine ruhige Idylle aus und wäre unter anderen Umständen ein schönes Ausflugsziel gewesen. Wenigstens boten die vielen Bäume ihnen gute Versteckmöglichkeiten. Die Detektive hatten nur zwanzig Minuten benötigt – natürlich im Laufschritt –, um hierher zu gelangen. Die zahlreichen Schilder mit

Aufschriften wie »Privatweg – Betreten verboten« hatten sie ignoriert. Der Wald rauschte sanft im Wind, während die drei im Moos saßen und die Hütte beobachteten. Herr Pfitzner war zu Hause. Geschäftig ging er im Inneren hin und her, man sah ihn immer wieder an den Fenstern vorbeihuschen.

»Könnte Freddy nicht reinschleichen und uns ein Blatt bringen?«, schlug Latif vor. Wuschel verzog das Gesicht.

»Er ist doch kein Hund! Außerdem habe ich ihn nicht dabei. Mama hat es mir verboten.« Sie sah aus, als wäre ihr Leben nicht mehr lebenswert mit all den Strafen, die sie aufgebrummt bekam. Ein plötzlicher Nieser platzte aus ihr heraus. »Ups, sorry«, meinte sie und wischte sich die Nase an ihrem Jackenärmel ab.

»Könnt ihr bitte leiser sein?« Olaf legte keinen Wert darauf, von Herrn Pfitzner entdeckt zu werden. Die anderen bestimmt auch nicht. »Ob er wohl seine Koffer packt?«

»Sieht ganz so aus«, erwiderte Latif. »Solange er drinnen ist, können wir nicht hinein.«

»Ach nee …« Wuschel zog eine Grimasse. »Also müssen wir ihn weglocken.«

»Ich denke nicht, dass wir das müssen«, widersprach Olaf. »Wenn er es eilig hat abzuhauen, wird er bald rauskommen. Er kann ja nicht warten, bis die Polizei vor der Tür steht.«

»Tja, die neuen Besitzer des Grundstücks werden sich freuen, dass er nun doch freiwillig geht«, meinte Latif.

Die Tür der Hütte ging knarrend auf und die Detektive verstummten schlagartig. Herr Pfitzner kam heraus und sah sich vorsichtig um. Was er in den Händen hielt, machte Olaf Sorgen. Es waren keine Koffer, sondern zwei Kanister.

# FRAGE: *Frau Jahn und Herr Pfitzner sind _____.*

 Du brauchst den 4. Buchstaben.

## Kapitel 24
## Wie verhindert man ein Inferno und seinen eigenen Tod?

Kaum war Herr Pfitzner auf dem Weg, der zum Waldrand führte, verschwunden, stürmten die W.O.L.F.-Detektive zur Hütte. Der Mann hatte die Tür offen stehen gelassen, was nur bedeuten konnte, dass er zurückkam, sobald er seine Last zum Auto gebracht hatte. Er würde schätzungsweise zehn Minuten brauchen, vielleicht weniger, wenn er sich beeilte. Er musste auf dem Parkplatz für die Waldbesucher parken, an dem sie vorbeigekommen waren.

Fieberhaft suchten sie in der Hütte nach einem Drucker. Wuschel fand ihn und zerrte das Papier aus der Schublade, um daran zu riechen.

»Eindeutig Zigaretten«, verkündete sie, was keine Überraschung war, denn die ganze Hütte roch wie ein Aschenbecher.

»Es muss doch etwas Ausgedrucktes geben!«, stieß Latif hervor, der dabei war, einen Schrank zu durchwühlen. Im nächsten Moment riss er einen Arm in die Höhe. »Ich hab es!«

Sie stürzten zu ihm. Es war ein Brief von vor wenigen Tagen, also perfekt. Latif zückte seine Lupe und begutachtete das Schriftbild.

»Er ist unser Mann«, stellte er zufrieden fest. »Kein Zweifel. Er ist es.«

»Was bin ich?«, ertönte eine Stimme hinter ihnen. Alle drei fuhren herum und erstarrten. Herr Pfitzner stand finster und bedrohlich vor ihnen und versperrte den Weg zur Tür. »Was ist? Hat es euch auf einmal die Sprache verschlagen? Ihr seid doch sonst so vorlaut.«

Olaf schluckte schwer. »Sie haben die anonymen Briefe geschickt«, presste er heraus. »Und Sie haben nachts den Dachboden Ihrer Schwester durchsucht.«

»Clever«, erwiderte Herr Pfitzner. »Zu clever für meinen Geschmack. Was soll ich jetzt mit euch machen?«

»Die Polizei wird sie ohnehin schnappen.« Latif fuhr sich mit der Zunge über die Lippen. »Geben Sie besser auf und stellen Sie sich freiwillig.«

Was er sagte, schien Herrn Jahn zu amüsieren. Er lachte kurz auf. »Die Polizei! Dass ich nicht lache. Es ist mir egal, was die mit mir machen. Nein, ich muss mein Werk zu Ende bringen und ihr werdet mich nicht daran hindern. Es ist alles vorbereitet.«

Wuschel keuchte. »Sie wollen das Haus abbrennen, nicht wahr? Sie haben es ja zweimal angekündigt!«

»Ganz genau. Ich habe alle Beweise bei mir und werde sie bei der nächsten Gelegenheit dort deponieren, damit sie mit dem ganzen Rest vernichtet werden. Der alte Grundriss und das rote Tagebuch, hauptsächlich natürlich das Tagebuch. Es war eine Dummheit, es all die Jahre aufzuheben. Mein Vater hätte es verbrennen sollen.«

»Wir haben aber die Babykleidung«, trumpfte Wuschel auf. Das brachte den Mann aus der Fassung.

»Wo ist sie?«

»Sie liegt bei – bei einem von uns zu Hause und Sie werden sie niemals in die Finger bekommen!«

Herr Pfitzner überlegte einen Augenblick, bevor er verächtlich schnaubte. »Sie war in dem Keller, nicht wahr? Was soll's? Ohne die nötigen Informationen dazu wird keiner wissen, was das ist. Und ihr werdet es nicht mehr verraten können.«

Bei diesen Worten wurde Olaf klar, dass Herr Pfitzner nicht vorhatte, sie gefangen zu halten, bis er sein Werk vollendet hatte. Nein, er wollte sie loswerden. Für immer. Wuschel schien ihn mit Reden hinhalten zu wollen.

»Warum tun Sie das alles? Warum jetzt? Nach all diesen Jahren?«

Herr Pfitzner sah auf seine Armbanduhr und fand offenbar, dass er noch etwas Zeit hatte. »Mein Vater rief mich auf seinem Sterbebett zu sich und erzählte mir eine unglaubliche Geschichte von einer Entführung, die er unternommen hatte. Er wollte wohl sein Gewissen erleichtern und dafür sorgen, dass ich das Geheimnis weiter wahren und beschützen würde. Ich dachte zunächst, er hätte den Verstand verloren und würde fantasieren. Mein Vater hätte doch niemals etwas Unrechtes getan! Doch Monate später, als ich etwas auf dem Dachboden suchte und mir sein Tagebuch in die Hände fiel, wurde mir klar, dass alles wahr ist. Ich wusste von dem zusätzlichen Raum im Keller und von der Kleidung, von dem Plan, den er versteckt hatte und von dem Tagebuch, das nun nicht länger ein Produkt seiner Einbildung, sondern real war. Es war meine Aufgabe, dafür zu sorgen, dass niemals jemand die Wahrheit erfahren würde. Ich muss meine Familie schützen. Und das ist das Letzte, was ich tun werde. Ich werde mein Wissen mit ins Grab nehmen, genau wie ihr. Ich hatte befürchtet, dass ihr etwas findet und anfangt, herumzuschnüffeln. Nun seid ihr selbst schuld an dem, was euch zustoßen wird.«

»Ihre Schwester wird Ihnen das niemals verzeihen. Falls sie überhaupt überleben wird …« Latifs Stimme klang dünn.

»Vielleicht. Aber das ist egal. Es geht allein darum, den letzten Willen meines Vaters zu erfüllen und die Wahrheit ein für alle Mal zu begraben.«

»Was wollen Sie mit uns tun?«, fragte Olaf ängstlich.

»Der See liegt vor meiner Haustür, das bietet sich doch an.«

Er wandte sich nach hinten, um die Tür zu schließen. Wuschel stieß einen Schrei aus und stürzte sich auf Herrn Jahn, dicht gefolgt von Latif, der sofort erkannte, was sie vorhatte. Olaf sprang todesmutig hinzu und versuchte, ein Stück von Herrn Jahn zu erwischen. Der alte Mann war überraschend stark und wendig. Sie rangen mit ihm und versuchten, ihn zu Boden zu zwingen, ihn irgendwie kampfunfähig zu machen, ihn so lange lahm zu legen, bis sie fliehen konnten. Wuschel hing an seinem Hals, Latif an seinem Arm und Olaf klammerte sich an seine Knie.

Herr Pfitzner wand sich wie ein Aal und Latif verlor seinen Halt. Der alte Mann schleuderte herum, um Wuschel loszuwerden; dabei knallte Olafs Kopf gegen ein Tischbein. Zuerst sah er Sternchen und ließ seinen Griff los. Im nächsten Moment wurde alles schwarz vor seinen Augen und er sank zu Boden.

Ein angenehmes Schaukeln drang als Erstes in Olafs Bewusstsein, dann atmete er tief die frische, kühle Luft ein. Der waldige Duft und die Dunkelheit erinnerten ihn an einen Campingausflug mit seinen Eltern vor Jahren. Er hatte ein eigenes Zelt gehabt und sich nachts immer ein wenig gefürchtet. Trotzdem fühlte sich die Erinnerung wohlig an, denn sein Vater hatte damals noch gelebt.

»Mach endlich die Augen auf, Olaf!«, zischte eine Stimme. Er wollte sich auf die Seite rollen und nachsehen, wer mit ihm sprach, doch er konnte sich nicht bewegen. »Olaf, Olaf, komm zu dir, na los! Wir brauchen dich!«

Er versuchte es, doch seine Augenlider waren so schwer. »Noch ein paar Minuten«, murmelte er und wollte weiterschlafen.

»Glaubst du, er hat eine Gehirnerschütterung?«, hörte er die Stimme. Oh, und da war ja eine zweite Stimme, die antwortete.

»Wahrscheinlich, sonst wäre er nicht so lange bewusstlos.«

»Ich mache mir echt Sorgen. Was, wenn er nicht mehr zu sich kommt?«

»Dann ertrinkt er eben im Schlaf. Das würde ich auch vorziehen.« Die Stimme klang wütend. Olaf atmete noch einmal die frische Luft ein. Wieso gefiel ihm das so gut? Er hätte zu gern seinen Traum fortgesetzt, nur wurde ihm allmählich kalt. Er hatte sogar eine Gänsehaut. Und sein Hosenboden war nass. Wieso? Hatte er ins Bett gemacht?

Mit einem Ruck kam Olaf zu sich. Er riss die Augen auf. Wo war er? Warum lag er in einer Wasserlache und weshalb tat ihm der Schädel so wahnsinnig weh?

»Was ist passiert?«, japste er. Seine Brust hob und senkte sich wie ein Blasebalg im Höchstbetrieb, und dass er sie dabei so gut im Blick hatte, musste bedeuten, dass er auf dem Rücken lag. Er drehte den Kopf zur Seite und lag Nase an Nase mit Latif, der ihn kümmerlich angrinste.

»Hallo, willkommen bei den Lebenden. Im Moment noch, jedenfalls.«

»Wieso bist du gefesselt?«

»Das bist du auch.«

Olaf sah an sich herunter und stellte fest, dass Latif recht hatte. Deshalb konnte er sich nicht bewegen. Auf seiner anderen Seite lag Wuschel, ebenfalls verschnürt.

»Was ist passiert?«, wiederholte er benommen.

»Erinnerst du dich nicht? An Herrn Jahn und seine Hütte?«, fragte Wuschel entgeistert. Olaf strengte seinen schmerzenden Kopf an. Die Bilder der letzten Geschehnisse schwappten wie eine hohe Welle in sein Gedächtnis zurück.

»Oh, ja, ich weiß es wieder. Ich bin an einem Tischbein gelandet – und ohnmächtig geworden?« Als Wuschel nickte, fuhr er fort. »Wow, ich war noch nie bewusstlos. Wieso sind wir hier? Was machen wir jetzt? Kriegt ihr die Fesseln nicht ab?«

»Das ist nicht das einzige Problem«, erklärte Katharina. »Das Boot ist leck und wir werden in Kürze absaufen.«

»Wo sind wir?«

»Mitten auf dem See«, antwortete Latif. »Herr Pfitzner hat uns überwältigt, nachdem du ausgefallen warst. Es stellte sich heraus, dass er zwei Boote hat. Ein altes aus Holz, das einige Löcher hat, und eins neues mit Motor. Damit hat er uns hierher gezogen.«

Olaf sah sich um und stellte fest, dass sie mitten auf dem See trieben. Die Abenddämmerung hatte eingesetzt und Spaziergänger würden kaum um diese Zeit vorbeikommen. Und wie hätten sie sie auch retten sollen? Sie würden sie gar nicht erst bemerken, sondern nur ein treibendes Boot sehen. Olaf wünschte sich nun fast selbst, nicht wach geworden zu sein. Das Schaukeln fing an, ihn zu stören.

»Die gute Nachricht ist, dass wir uns vielleicht von den Fesseln befreien können.« Latif klang zuversichtlich. »Deshalb musstest du unbedingt aufwachen. Sieh dir meine Handfessel an, sie ist nicht fest genug. Ich habe es schon versucht, aber allein bekomme ich sie nicht auf. Du musst dich umdrehen und sie aufknoten.«

»Wie denn? Mit meinen Zähnen?«

»Nein, mit deinen Fingern natürlich.«

Olaf ruckte seinen Oberkörper in die Höhe, bis er Latifs Hände im Blick hatte. Es stimmte, der Strick sah locker aus, doch wie sollte er das schaffen? Seine eigene Fessel kam ihm wie aus Stahl vor, zudem hatte Herr Pfitzner ihm die Hände auf dem Rücken zusammengebunden, nicht wie Latifs vor dem Bauch. Er würde nicht sehen können, was er tat. Olaf schickte ein Stoßgebet zum Himmel und machte sich an die schwierige Aufgabe, sich auf dem gewölbten Boden eines volllaufenden Bootes, eingezwängt zwischen zwei anderen Körpern, auf die Seite zu wälzen.

**F R A G E :**   *Was will Herr Pfitzner für immer begraben?*

 Du brauchst den 5. Buchstaben.

Kapitel 25
## Nass läuft man langsamer

Olaf versuchte, das hämmernde Pochen in seinem Kopf, den Schwindel, die bohrenden Schmerzen und das flaue Gefühl in seinem Magen zu ignorieren, während er mit seinen tauben Fingern den Knoten von Latifs Handfessel bearbeitete. Als seine Finger wieder durchblutet wurden, fingen sie unangenehm zu kribbeln und zu pieksen an. Das Wasser stieg allmählich höher. War es ihm zu Beginn noch bis zum Hals gegangen, musste er jetzt schon die Nase nach oben recken, um kein Wasser hineinzubekommen. Er wunderte sich vor allem über eines – wie sie es schafften, so ruhig zu bleiben.

Wuschel untermalte seine Bemühungen mit häufigen Fragen nach dem zu erwartenden Erfolg und mit ständigen Erinnerungen daran, dass das Wasser stieg und sie demnächst ertrinken würden. Sogar Latif ermahnte ihn, sich zu beeilen. Was dachten die zwei, was er hier tat? Tee trinken und die Aussicht genießen?

Endlich – nach Minuten, die ihm wie mehrere Ewigkeiten vorkamen –, löste sich der Knoten und Latifs Hände waren frei. Latif setzte sich auf und löste die Fesseln an seinen Füßen, dann widmete er sich Wuschel, die kaum noch den Kopf über Wasser halten konnte, um zu atmen. Olaf war der Letzte, der befreit wurde und es fühlte sich an wie ein neu geschenktes Leben.

»Und nun?«, fragte er besorgt, denn das Boot lief immer schneller voll. Er spürte, wie es anfing wegzusacken.

»Ich hoffe, du kannst schwimmen«, rief Latif und sprang über den Bootsrand. »Das ist unsere einzige Chance.«

Sie befanden sich erst einige Meter entfernt, als das Boot mit einem saugenden Gluckern in die Tiefen des Sees verschwand. Olaf verbot sich, daran zu denken, wie knapp sie dem Tod entronnen waren. Fürchten konnte er sich später noch, jetzt mussten sie das Ufer erreichen und zu Frau Jahn, um sie und die Polizei vor ihrem Bruder zu warnen. Hoffentlich kamen sie nicht zu spät.

Erschöpft, mit schweren Gliedern und triefend nass krabbelten sie den rettenden Strand hinauf aufs Trockene. Sie sollten eigentlich sofort loslaufen, doch Olafs Beine gehorchten ihm nicht und den anderen ging es nicht besser. Wuschel lag neben ihm auf dem Rücken und keuchte, Latif saß mit dem Kopf zwischen den Knien und hielt die Augen geschlossen. Ihnen allen war von der Anstrengung schwindlig. Minutenlang sagte keiner ein Wort, sie ruhten sich nur aus.

»Wir müssen los«, murmelte Latif schließlich müde. »Wir müssen einfach. Frau Jahns Leben hängt von uns ab.«

»Anrufen?«, ächzte Wuschel.

»Ich weiß nicht, wie es bei deinem Handy ist, aber meins badet nicht gern«, erwiderte Latif. »Das ist kaputt.«

»Gehen wir«, meinte Olaf und stand auf. Fast wäre er wieder umgefallen, so sehr fing sich alles an zu drehen. Latif stützte ihn rechtzeitig. Wuschel ließ eine Niessalve los.

»Das wird eine Mördererkältung«, schniefte sie anschließend. »Ich schätze, morgen muss ich das Bett hüten.« Sie warf einen Blick auf Olaf. »Und du musst zum Arzt.«

Man konnte kaum noch etwas erkennen, so dunkel war es im Wald geworden. Sie setzten sich in Bewegung und Olaf stöhnte. Die nassen Kleider hingen schwer und steif an seinem Körper und machten jeden Schritt zur Qual. Dazu rieben und scheuerten sie auf seiner Haut. Wenigstens wurde sein Kopf wieder klarer, während sie nebeneinander über den Schotterweg Richtung Waldrand stolperten.

Sie brauchten fast doppelt so lang für den Weg zu Frau Jahn wie zuvor. Die Straßenlaternen leuchteten freundlich über ihren Köpfen und der Mond hing voll und rund am Himmel.

»Perfektes Wetter zum Sternegucken«, meinte Wuschel mit kratziger Stimme. »Ich könnte wetten, dass Sissi mich heute Nacht besucht.«

Als sie ihr Ziel endlich erreichten, war Olaf so müde, dass er im Laufen hätte schlafen können. Das ging natürlich nicht, sie mussten ja noch etwas erledigen. Frau Jahn brauchte unglaublich lange, bis sie zur Tür kam, und dann sah sie die drei Detektive ungläubig an, die auf ihrer Fußmatte standen und immer noch durchnässt waren. Wenigstens tropften sie nicht mehr.

»Was ist denn mit euch passiert?«, rief sie entsetzt aus. »Wo seid ihr gewesen? Deine Mutter hat mich gerade angerufen, Katharina, um nach dir zu fragen.«

»War die Polizei schon hier?«, fragte Wuschel, statt zu antworten.

»Ja, ihr habt sie knapp verpasst. Herr Seelig wollte noch bei deinen Eltern vorbeischauen.«

»Oh, gut«, meinte Wuschel und stob davon. Latif entschuldigte sich und Olaf empfahl der alten Dame, auf der Straße zu warten, bis sie wieder da wären, oder – noch besser – ebenfalls zu Katharinas Eltern zu gehen. Sie fragte ihn verwundert, warum sie das tun sollte, aber er konnte nicht mehr antworten. Er folgte Wuschel und Latif zum Nachbarhaus. Aus dem Augenwinkel bemerkte er eine Bewegung in dem dunklen Garten, der an Frau Jahns Haus grenzte. Dort lauerte ihr Bruder. Jetzt ging es um Sekunden.

Olaf erreichte das Haus der Karmanns, als Wuschels Mutter mitten in einer Strafpredigt war. Sebastian stand hinter ihr und zog erstaunt und leicht amüsiert die Augenbrauen hoch.

»Bitte, Mama, nicht jetzt«, flehte Wuschel. »Wir müssen dringend mit Sebastian reden.«

»Was ist los?«, fragte der Polizist alarmiert und trat vor. »Was habt ihr ausgefressen? Eure Nachbarin sagte mir schon, dass ihr wieder eure Nasen wo hineingesteckt habt. Seht ihr deshalb so verboten aus?«

»Ja! Es ist ihr Bruder. Er hat die Briefe geschickt und er will ihr Haus niederbrennen, heute noch!«

»Seid ihr sicher?«

»Hundertprozentig«, erwiderte Olaf schnell. »Ich habe ihn eben in ihrem Garten gesehen. Er wartet nur auf seine Chance und er würde keine Rücksicht auf Frau Jahn nehmen.«

»Gut, ich werde mich darum kümmern. Ihr bleibt hier, verstanden? Wehe, ihr folgt mir!« Sebastian spurtete los und sie hörten, wie er im Laufen Verstärkung anforderte. Olaf zitterte allmählich vor Kälte, vielleicht auch von all der Aufregung. Latif wirkte unschlüssig und hin- und hergerissen zwischen dem Wunsch, die Sache der Polizei zu überlassen und selbst mitzuhelfen. Wuschel sah zwar blass um die Nase aus, bebte aber unter der Hand ihrer Mutter wie eine Rakete kurz vor dem Start. Frau Karmann hatte ihre Tochter vorsichtshalber am Arm gepackt, um sie daran zu hindern, Sebastian nachzusetzen. Sollten sie an dieser Stelle wirklich aufgeben? Sich darauf verlassen, dass Sebastian Hermann Pfitzner allein zur Strecke brachte? Es würde einige Minuten dauern, ehe die Verstärkung eintraf. Und Herr Pfitzner hatte sich vermutlich schon in Frau Jahns Haus geschlichen, während sie hier geredet hatten.

Ein kurzer Blickwechsel genügte, damit Latif mit einem undeutlichen »geht nicht anders« Richtung Nachbargebäude sprang, Wuschel sich losriss und über die Schulter eine Entschuldigung rief und Olaf sich auf dem Weg nach nebenan befand. In der Einfahrt hielten sie inne und lauschten. Olaf sah und hörte Sebastian den Garten durchkämmen.

»Er ist bestimmt längst drinnen«, keuchte Latif. »Er ist so entschlossen und die Folgen sind ihm total egal, deshalb wird er um jeden Preis sein Feuer legen und nicht länger warten wollen.«

»Dann nichts wie rein!« Wuschel war schon im Haus, ehe ihr letztes Wort verklungen war. Olaf blieb dicht hinter ihr. Drinnen schien alles ruhig und wie immer. Wo war eigentlich Frau Jahn? Warum stand sie nicht draußen, wie er ihr empfohlen hatte? Aus der Küche drang ein klapperndes Geräusch. Also dort hielt sie sich auf.

»Jemand muss sie in Sicherheit bringen.« Olaf schaute die anderen auffordernd an.

»Wartet«, warf Wuschel ein, »lasst uns kurz überlegen, wo dieser Verbrecher den Brand legen wird. Oben oder unten?«

Latifs Nase kräuselte sich. »Nicht im Keller. Dort ist es feucht und die Wände brennen nicht gut; sie sind aus Stein. Oben ist altes, trockenes Holz. Der Dachboden wird im Nu lichterloh in Flammen stehen.«

»Dann schnell nach oben«, befahl Wuschel und hustete. »Frau Jahn ist hier unten noch sicher. Vielleicht können wir das Feuer verhindern.« Sie raste die Treppe hinauf, Latif und Olaf hinterher. Dass ihre Vermutung richtig war, erkannten sie sofort an der herabgelassenen Dachbodenstiege. Sie huschten leise die steilen Stufen hoch und sahen gerade noch, wie Herr Pfitzner die letzten Tropfen des zweiten Kanisters ausgoss und den Behälter in die Ecke schleuderte. Plötzlich hielt er ein Feuerzeug in der Hand und ließ es aufschnappen. Eine kleine Flamme tanzte unheilvoll über seinen Fingern.

»Nein«, schrie Wuschel und stürzte vorwärts.

»Stopp!«, befahl Herr Pfitzner. »Noch einen Schritt und ich zünde alles an!«

Wuschel kam abrupt zum Stehen und ruderte mit den Armen, um ihr Gleichgewicht zu finden

»Hören Sie auf damit! Es ist zu spät. Die Polizei ist hier und noch mehr auf dem Weg. Sie können nicht mehr gewinnen.« Sie starrte ihn eindringlich an. Der alte Mann lachte.

»Ihr seid unglaublich. Schade, unter anderen Umständen würde ich euch interessant finden. Ihr entkommt meinen Fallen immer wieder und ich würde mir gern anhören, wie. Aber im Moment seid ihr nur störend. Seht es ein, ihr könnt das hier nicht verhindern.« Er ging in die Hocke und näherte seine Hand dem nassen Fleck auf einem der alten Teppiche, wo er Benzin verschüttet hatte.

»Warten Sie!« Wuschel hielt flehend die Hände in die Höhe. »Warum verbrennen Sie nicht einfach nur die Beweise? Wieso muss es das ganze Haus sein? Sie zerstören alles, was Ihre Schwester hat!«

»So ist es.« Blitzschnell hielt er die Flamme an den Teppich, der sofort Feuer fing. Blau züngelte es in die Höhe und breitete sich in rasender Geschwindigkeit aus. Olaf überdachte ihre Optionen. Sie mussten sofort fliehen und sie mussten sogar Herrn Pfitzner entkommen lassen, denn sie konnten ihn nicht auf dem Dachboden einschließen und den Flammen überlassen. Er wollte sich umwenden, um die Treppe hinunterzuklettern, doch er hatte nicht damit gerechnet, dass Herr Pfitzner schneller sein würde. Er rannte auf sie zu, schubste einen nach dem anderen zu Boden und verschwand durch den Einstieg nach unten. Donnernd krachte die Platte von unten in das Loch. Sie saßen in der Falle!

**FRAGE:** *Wie nennt man es bei der Polizei, wenn jemand ein Feuer legt?*

Du brauchst den 7. Buchstaben.

## Kapitel 26
## Einer jener Abende

Olaf japste nach Luft vor Entsetzen. Latif und Wuschel rappelten sich schnell auf und waren an seiner Seite, ehe er etwas sagen konnte.

»Die Luke ist offen, nur hochgeklappt; man kann sie nicht verriegeln«, keuchte Wuschel und drückte auf die zusammengefaltete Treppe. Knarrend schob sie sich nach unten.

»Er versucht wirklich alles, um uns aufzuhalten«, meinte Latif, während er nach unten kletterte und die Treppe vollständig ausfuhr. »Wo mag er hin sein?«

»Ich vermute, in den Keller«, erwiderte Olaf, der nun ebenfalls hinab eilte. Auf dem Dachboden breitete sich mittlerweile das Feuer aus. »Ich hoffe, Sebastian hat auch gleich die Feuerwehr bestellt.«

»Wir müssen Frau Jahn hinausbringen«, rief Wuschel, die schon fast ein Stockwerk weiter war. Als sie das Erdgeschoss erreichten, rüttelte sie heftig an der Küchentür. »Abgeschlossen! Was machen wir jetzt nur?«

Olaf sah sich hektisch um und bemerkte, dass die Kellertür offen stand. Ja, dort hatte sich Herr Pfitzner hin geflüchtet. Vorsichtshalber schloss er die Tür von außen ab. Sollte der Mann es nicht schaffen, durch den Geheimgang zu fliehen, war er zumindest fürs Erste gefangen.

»Seid ihr das, Kinder?«, hörte er Frau Jahns Stimme ängstlich durch die Tür. »Helft mir, bitte. Mein Bruder hat den Verstand verloren. Er hat mich hier hineingezerrt und eingesperrt. Ich verstehe das alles nicht.«

»Bleiben Sie ganz ruhig, wir holen sie heraus!«, versprach Latif laut.

»Beeilt euch bitte, ich fühle mich gar nicht gut.«

In diesem Moment ertönten die ersten, noch entfernten Sirenen, die die nahende Polizei ankündigten.

»Wir müssen Sebastian finden!« Wuschel deutete nach draußen und zu dritt stürmten sie in den Garten. Sie fanden den Polizisten im Gartenschuppen, wo er sich umsah. Als er hörte, dass das Haus brannte und Frau Jahn in ihrer Küche eingeschlossen war, eilte er sofort dorthin.

Der Lärm der Sirenen wurde immer lauter und Olaf konnte schon das erste Blaulicht sehen. Sebastian nahm einen großen Stein und schlug damit eine der Scheiben ein. Er kletterte über eine Sitzbank in die Küche hinein. Als er drinnen war, stiegen sie ebenfalls auf die Bank, um zu sehen, was vor sich ging. Frau Jahn stand verwirrt und verängstigt neben der Tür, durch die sie gerade noch mit ihr geredet hatten, und starrte den Polizisten mit großen Augen an. Sebastian nahm sie freundlich aber bestimmt am Arm und schob sie mitsamt dem Rollator so schnell es ging zum Fenster. Dort hob er Frau Jahn hoch und hinaus, wo die Detektive ihr auf die Bank und von dort hinunterhalfen. Sie mussten sich nicht absprechen, um zu wissen, dass die alte Dame jetzt in der warmen Sicherheit des Karmannschen Hauses am besten aufgehoben wäre.

Latif und Wuschel stützten Frau Jahn auf dem Weg hinüber; Olaf wartete, bis Sebastian aus dem Küchenfenster geklettert war, und erklärte ihm, dass Herr Pfitzner durch den Keller geflohen war und wo der Geheimgang endete. Der Polizist hörte genau zu und nickte. Olaf blieb zögernd stehen, als er geendet hatte. Sebastian legte ihm eine Hand auf die Schulter.

»Okay, Olaf, das habt ihr wirklich gut gemacht. Aber jetzt solltest du zu den anderen gehen und diese nassen Klamotten loswerden. Wir schaffen den Rest alleine.«

Mehrere Polizei- und Feuerwehrwagen hielten mit quietschenden Bremsen auf der Straße und in der Einfahrt, die Beamten liefen herum, die Feuerwehrleute bereiteten die Löschung vor. Inzwischen konnte man erste Flammen aus dem Dachstuhl schlagen sehen und dicke Rauchwolken stiegen über dem Haus auf.

»Kümmert euch ein bisschen um die alte Frau, ja?«, bat Sebastian. »Sie war ziemlich durcheinander. Bringt es ihr am besten möglichst schonend bei, dass ihr Haus brennt. Wer weiß, wie sie das verkraftet.«

Olaf versprach es und ging endlich davon, so gern er auch die Polizisten und Feuerwehrleute beobachtet hätte. Er spürte allerdings ganz deutlich, dass er am Ende seiner Kräfte war und sich schnellstens hinsetzen sollte.

Es wurde wieder einmal einer jener Abende, an denen erzürnte Eltern herbeieilten, um ihre Kinder, die unerklärlicherweise nicht zum Abendessen erschienen waren, abzuholen. Als sie eintrafen und die feuchten, verschmutzten, in Decken gepackten Sprösslinge sahen und dazu das ganze Aufgebot an Polizei und Feuerwehr, wurden aus dem Ärger schnell Sorge und Vorwürfe. Olafs Mutter sagte zuerst nicht viel, doch Olaf erkannte den unheilverkündenden Blick in ihren Augen. Latifs Eltern wechselten zwischen Ärger, Strafandrohungen und Lob, während Sebastian einen Teil der Geschichte erzählte. Er wusste ja selbst noch längst nicht alles, doch er konnte berichten, dass Herr Pfitzner gemäß Olafs Angaben in dem Haus mit der lauten Katze gefasst wurde und dass die Detektive sich sehr für Frau Jahn eingesetzt und sie gerettet hatten.

Olaf dachte, dass sich die Beichte über seine verpasste Schulstunde zwischen der seiner anderen Abenteuer vermutlich weit weniger schlimm anhören würde, und fragte sich, ob er seiner Mutter tatsächlich die brenzligen Situationen, in denen sie sich befunden hatten, in allen Einzelheiten schildern sollte. Wuschel nieste eins ums andere Mal, während ihre Mutter fassungslos verschiedene Strafen ankündigte, angefangen von Hausarrest bis zum Ende des Jahres über den Rest ihres Lebens bis zur Kürzung bisheriger Privilegien wie der Nutzung des Gartenhauses. Sissi stand dabei und grinste, während sie aufmerksam zuhörte. Frau Jahn konnte das alles gar nicht fassen und wurde schließlich mit einem heißen Tee ins Bett des Gästezimmers verfrachtet. Als Olafs Mutter schließlich klar wurde, dass ihr Sohn einen ordentlichen Schlag auf den Kopf bekommen hatte, brachte sie ihn schleunigst ins Auto, um ihn in die Notaufnahme des nächsten Krankenhauses zu fahren.

F R A G E : *Was kommt wohl auf Wuschel zu, wenn ihre Mutter ihre Androhungen wahr macht?*

Du brauchst den 8. Buchstaben.

Kapitel 27
...................................................
## Das Geheimnis des roten Tagebuchs

Eine Woche später trafen sich die W.O.L.F.-Detektive in Wuschels Gartenhaus. Katharina schniefte zwar noch, doch sie hatte das Schlimmste ihrer heftigen Erkältung überstanden. Sie hatte die gesamte Zeit ihres Hausarrestes im Bett verbracht und sogar die Schule verpasst. Auch Olaf hatte ein paar Tage liegen müssen, obwohl es ihm schon am nächsten Morgen nach dem fulminanten Ende ihres Falles wieder besser gegangen war. Latif erzählte zufrieden, dass er Bert einen neuen Freund verschafft hatte.

»Wenn wir schon nichts wegen der beiden miesen Typen in seiner Klasse unternehmen können«, erklärte er, »dann können wir ihm doch wenigstens mehr Unterstützung verschaffen. Sein neuer Freund heißt Steven, ist vierzehn und gehört zur Clique meines Bruders. Na ja, so halbwegs. Er ist einer jener jüngeren Brüder von einem seiner Freunde, die immer überall dabei sein wollen.« Er zwinkerte Wuschel zu, die lächelnd das Gesicht verzog. »Er steht total auf Science Fiction und – oh Wunder – er hat zwei Schildkröten und zwei Frösche als Haustiere. Die beiden haben sich auf Anhieb verstanden und sind jetzt schon unzertrennlich.«

»Und hat Latif erwähnt, dass Steven groß und muskulös ist und Kickboxen macht?« Olaf lehnte sich zufrieden in dem knarrenden Korbstuhl zurück und verschränkte die Arme hinter dem Kopf. Katharina kicherte.

»Das gefällt mir. Ach, ihr könnt euch nicht vorstellen, wie langweilig es die ganze Woche zu Hause war. Ich bin sogar so angeödet, dass ich mich auf die Schule morgen freue.«

»Wo ist eigentlich Sissi?«, erkundigte sich Latif. »Ich hab sie bisher nicht zu Gesicht bekommen.«

»Im Ballettunterricht«, antwortete Wuschel mit einem geheimnisvollen Lächeln. »Mama hat sich endlich einmal mit ihr hingesetzt und sich so lange mit ihr unterhalten, bis sie etwas gefunden hatten, was Sissi gern tun würde. Und das war Ballett. Mama hat sie in einer Tanzschule angemeldet und heute ist ihre erste Stunde.« Sie schenkte noch eine Runde kalten Kakao aus. »Letzte Nacht war übrigens hervorragend geeignet, um Sterne zu beobachten. Es war vollkommen klar. Ich habe mein Versprechen eingelöst und Sissi einiges gezeigt. Ich konnte ja heute noch einmal ausschlafen …«
Sissi hingegen hatte zweifellos einen schläfrigen Vormittag in der Schule verbracht.

»Was ist jetzt mit Marie, Olaf?«, fragte Wuschel neugierig. »Hast du ihr gemailt oder noch mal mit ihr gesprochen?«

Olaf fühlte, wie seine Wangen warm wurden. Er schüttelte den Kopf.

»Nein, bisher habe ich noch nichts unternommen. Ich war zu beschäftigt und außerdem weiß ich gar nicht, was ich ihr sagen soll. Ich hab doch schon zwei gute Freunde …«

»Na ja, du kannst es auch erst mal auf sich beruhen lassen«, schlug Latif vor, »oder du wartest, bis ihr euch mal wieder über den Weg lauft.« Obwohl er vernünftig klang, grinste er auffällig. Olaf wollte das Thema Marie lieber beenden und schob die Unterlagen zu ihrem abgeschlossenen Fall zusammen, die sie auf dem Tisch ausgebreitet hatten. Sie würden alle in einem Aktenordner abgeheftet werden. Der Ausdruck mit Tante Karolins Übersetzung des belgischen Artikels lag obenauf und er griff ihn sich, um ihn noch einmal zu lesen. Latif und Wuschel plauderten munter über neue Fälle, doch Olaf hörte kaum hin. Da war etwas an dem Artikel, das ihn seltsam fesselte. Ihn überkam plötzlich das Gefühl, dass er bisher ein wichtiges Detail übersehen hatte. Schließlich knallte er sich mit der flachen Hand gegen die Stirn. Die anderen beiden verstummten und sahen ihn mit großen Augen an. Selbst Freddy sah kurz zu ihm her.

»Leute –« Olaf machte eine bedeutungsvolle Pause und senkte die Stimme. »Ich weiß jetzt, was das Geheimnis des roten

Tagebuchs ist. Ich weiß, worin der Schatz besteht, und ich weiß auch, warum wir ihn nicht finden konnten.« Er dachte nach. »Und das erklärt endlich, warum Herr Pfitzner das Haus mitsamt seiner Schwester verbrennen wollte. Er hat uns nicht alles gesagt.«

»Mach es nicht so spannend!«, schnaubte Wuschel ungeduldig. »Was meinst du?«

»Das entführte Baby aus Belgien ...« Olaf sah sie an, Wuschel nickte. »Es wurde nie zu den Eltern zurückgebracht. Es wuchs in Deutschland auf, als Kind von Eduard und Pauline Pfitzner, als Schwester von Hermann Pfitzner. Frau Jahn ist dieses Baby.«

»Was?« Latif starrte ihn entgeistert an. »Woher weißt du das?«

»Weil ich gerade noch einmal in dem Artikel die Beschreibung des Babys gelesen habe. Es hatte ein besonderes Merkmal, ein Muttermal in der Form eines Herzens auf dem rechten Unterarm. Und genau so eins habe ich auf Frau Jahns Arm gesehen, an dem Tag, als wir ihren Bruder bei ihr trafen.«

»Das ist verrückt«, murmelte Wuschel, doch sie widersprach nicht.

»Wir müssen es ihr sagen«, fand Latif.

»Ja, unbedingt«, pflichtete Katharina ihm bei. »Sie muss wissen, wer sie wirklich ist.«

»Wir können gleich zu ihr gehen«, stimmte Olaf zu. Frau Jahn wohnte inzwischen bei ihrem Sohn Fritz und dessen Frau, bis ihr Haus wieder hergestellt war. Die Feuerwehr hatte den Brand rechtzeitig eindämmen können, sodass nur der Dachboden und das Dach erneuert werden mussten, was ein paar Wochen dauerte. Die alten Sachen, die sie loswerden wollte, waren allerdings zerstört worden, genau wie das Tagebuch und die Uniform.

»Dann war also der Schatz, von dem wir dachten, er sei das Lösegeld, in Wirklichkeit Frau Jahn«, resümierte Latif bedächtig. »Ihr Vater hat ein belgisches Baby mit nach Hause gebracht, um seiner Frau eine Freude zu bereiten. Deshalb war er so unsicher, ob sie damit einverstanden wäre.«

»Ja, so muss es gewesen sein. Ich vermute, seine Frau konnte keine Kinder bekommen und war unglücklich, also hat er sich eine Lösung überlegt.« Olaf nahm sich noch einen Keks. »Und viele Jahre später wurde sie dann doch noch schwanger, und Hermann kam auf die Welt. Er hatte ja gesagt, dass sein Vater ihm auf dem Sterbebett alles beichtete. Er muss es gewusst haben.«

»Er wollte dieses Geheimnis tatsächlich mit ins Grab nehmen«, sagte Wuschel. »Tja, nun haben wir seine Pläne durchkreuzt. Alles schien ihm sicher verwahrt, bis wir anfingen, im Haus herumzustöbern. Da musste er etwas unternehmen. Nur ging es schief und Frau Jahn erfährt jetzt endlich die Wahrheit.« Sie leerte ihre Tasse. »Lasst uns aufbrechen. Ich bin schon gespannt auf ihr Gesicht, wenn sie davon erfährt.«

»Wir müssen es ihr so schonend wie möglich beibringen«, meinte Latif. »Die arme Frau hatte in der letzten Zeit schon genug zu verdauen.«

»Aber klar«, versprach Wuschel und steckte sich Freddy in die Jackentasche. »Ich bin schließlich ein Muster an Einfühlsamkeit.«

Hinter ihrem Rücken grinsten Latif und Olaf sich an, ehe sie ihr nach draußen folgten.

**FRAGE:** *Durch welches spezielle Merkmal hat Olaf Frau Jahn als das entführte Baby identifiziert?*

Du brauchst den 4. Buchstaben.

# Hier alle Fragen noch mal im Überblick:

**Kapitel 1** · Ein alter Dachboden ist immer für einen Schatz gut

*Frage: Wie heißt der Detectiv-Club von Olaf, Latif, Wuschel und Freddy?*

*Du brauchst den 1. Buchstaben.*

Lösungswort: _____

Buchstabe: _____

**Kapitel 2** · Nachts sind sogar Einbrecher grau

*Frage: Wie heißt das Gerät, mit dem Wuschel das Nachbarhaus beobachtet?*

*Du brauchst den 7. Buchstaben.*

Lösungswort: _____

Buchstabe: _____

**Kapitel 3** · Wer sucht was, und vor allem – warum?

*Frage: In welche Schule gehen Bert und die Detektive?*

*Du brauchst den 6. Buchstaben.*

Lösungswort: _____

Buchstabe: _____

**Kapitel 4** · Bert und eine böse Überraschung für Olaf

*Frage: Was findet Olaf in seinem Heft? Einen anonymen _ _ _ _ _.*
*Du brauchst den letzten Buchstaben.*

Lösungswort: _____

Buchstabe: _____

---

**Kapitel 5** · Ein neuer Fall für W.O.L.F.

*Frage: Für wen steht das F in W.O.L.F.?*
*Du brauchst den 4. Buchstaben.*

Lösungswort: _____

Buchstabe: _____

---

**Kapitel 6** · Ein Papier sagt mehr als seine Worte

*Frage: Was finden die Detektive auf dem Brief an Frau Jahn?*
*Du brauchst den 5. Buchstaben.*

Lösungswort: _____

Buchstabe: _____

---

**Kapitel 7** · Die Schatzsuche beginnt

*Frage: Wie heißt die alte Schrift, mit der in das rote Tagebuch geschrieben wurde?*
*Du brauchst den 3. Buchstaben.*

Lösungswort: _____

Buchstabe: _____

**Kapitel 8** · Berts denkwürdiges Zuhause

*Frage: Aus welchem Material ist der Fingerhut geschnitzt, den die Detektive in einem Kästchen finden?*

*Du brauchst den 1. Buchstaben.*

Lösungswort: _____

Buchstabe: _____


**Kapitel 9** · Tarik räumt das Feld und Latif hat freie Bahn

*Frage: Welche Farbe hat die Uniform, über die Latif Nachforschungen anstellt?*

*Du brauchst den 9. Buchstaben.*

Lösungswort: _____

Buchstabe: _____


**Kapitel 10** · Das blonde Mädchen

*Frage: Was denkt Olaf, dass anonyme Briefe sind?*

*Du brauchst den 8. Buchstaben.*

Lösungswort: _____

Buchstabe: _____


**Kapitel 11** · Der geheime Raum

*Frage: Was findet Katharina, das W.O.L.F. bei den Ermittlungen weiterhilft?*

*Du brauchst den 3. Buchstaben.*

Lösungswort: _____

Buchstabe: _____

**Kapitel 12** · Ein seltsamer Fund

*Frage: Womit kann man eine Tür öffnen, die keine Klinke hat?*
*Du brauchst den 13. Buchstaben.*

Lösungswort: _____

Buchstabe: _____

---

**Kapitel 13** · Freddy wird zum Lebensretter

*Frage: Als die Detektive sich in dem geheimen Raum aufhalten,*
*werden sie von einem Unbekannten _ _ _ _ _ _ _ _ _ _ ?*
*Du brauchst den 1. Buchstaben.*

Lösungswort: _____

Buchstabe: _____

---

**Kapitel 14** · Die Ungewissheit eines langen, dunklen Tunnels

*Frage: Was braucht man dringend, wenn man im Dunkeln festsitzt?*
*Du brauchst den 2. Buchstaben.*

Lösungswort: _____

Buchstabe: _____

---

**Kapitel 15** · Dieses Biest ist ein Verräter

*Frage: Welches Haustier bringt die Detektive ganz schön in*
*Schwierigkeiten?*
*Du brauchst den 3. Buchstaben.*

Lösungswort: _____

Buchstabe: _____

**Kapitel 16** · Bekanntmachung der ersten Täter

*Frage: Täter, deren Identität man durch seine Ermittlungen enthüllt, werden _ _ _ _ _ _ _ _.*
*Du brauchst den 7. Buchstaben.*

Lösungswort: _____

Buchstabe: _____

---

**Kapitel 17** · Auftrag eins – erledigt!

*Frage: Sissi ist Wuschels kleine _ _ _ _ _ _ _ _ _.*
*Du brauchst den 5. Buchstaben.*

Lösungswort: _____

Buchstabe: _____

---

**Kapitel 18** · Auf geheimer Mission

*Frage: Was suchen Latif und Olaf in Berts Haus?*
*Du brauchst den 2. Buchstaben.*

Lösungswort: _____

Buchstabe: _____

---

**Kapitel 19)** · Ein schwarzer Tag für Wuschel

*Frage: Wie heißt der zu Unrecht Verdächtigte mit Nachnamen?*
*Du brauchst den 1. Buchstaben.*

Lösungswort: _____

Buchstabe: _____

**Kapitel 20** · Freddy in den Händen des Feindes

*Frage: Wen nennen die beiden fiesen Jungs »Dicker«?*
*Du brauchst den 4. Buchstaben.*

Lösungswort: _____

Buchstabe: _____

---

**Kapitel 21** · Latifs große Überraschung

*Frage: Aus welchem Land stammt das papierne Fundstück,*
*das Wuschel in der Babyjacke gefunden hat?*
*Du brauchst den 3. Buchstaben.*

Lösungswort: _____

Buchstabe: _____

---

**Kapitel 22** · Eine Entführung in Belgien, und der Tag wird immer schlimmer

*Frage: In welcher Sprache ist der Artikel verfasst, den Olafs Tante*
*übersetzt?*
*Du brauchst den 8. Buchstaben.*

Lösungswort: _____

Buchstabe: _____

---

**Kapitel 23** · Auf der Lauer an der Hütte am Waldsee

*Frage: Frau Jahn und Herr Pfitzner sind _ _ _ _ _ _ _ _ _ _ _ .*
*Du brauchst den 4. Buchstaben.*

Lösungswort: _____

Buchstabe: _____

**Kapitel 24** · Wie verhindert man ein Inferno und seinen eigenen Tod?

*Frage: Was will Herr Pfitzner für immer begraben?*
*Du brauchst den 5. Buchstaben.*

Lösungswort: _____

Buchstabe: _____


**Kapitel 25** · Nass läuft man langsamer

*Frage: Wie nennt man es bei der Polizei, wenn jemand ein Feuer legt?*
*Du brauchst den 7. Buchstaben.*

Lösungswort: _____

Buchstabe: _____


**Kapitel 26** · Einer jener Abende

*Frage: Was kommt wohl auf Wuschel zu, wenn ihre Mutter ihre Androhungen wahr macht?*
*Du brauchst den 8. Buchstaben.*

Lösungswort: _____

Buchstabe: _____


**Kapitel 27** · Das Geheimnis des roten Tagebuchs

*Frage: Durch welches spezielle Merkmal hat Olaf Frau Jahn als das entführte Baby identifiziert?*
*Du brauchst den 3. Buchstaben.*

Lösungswort: _____

Buchstabe: _____

Nun hast du alle Buchstaben zusammen.
Das wichtige Motto für Detektive lautet:

Lösungssatz:

_____

_____

# Die W.O.L.F.-Detektivausrüstung

Die Detektive haben sich schon eine ganz beachtliche Ausrüstung zusammengestellt, die sie in einem alten, abschließbaren Koffer aufheben. Und das ist drin:

- Schutzhandschuhe
- Lupe
- Pinzette
- Plastikbeutel (sauber und unbenutzt!)
- Verschließbare Gläschen für Proben und Beweise
- Stempelkissen
- Karteikarten für Fingerabdrücke
- Taschenmesser
- Schere
- Taschenlampen
- Kerzen
- Pipetten aus Plastik
- Trichter
- Kamera
- Fingerabdruckset (dicker Pinsel, zermahlene Kohletabletten, klarer Klebefilm)
- Schwarzlicht/Geldscheinprüfgerät
  (zum Nachweisen von Körperflüssigkeiten)
- Maßband

- Gips zum Anrühren
- Mörser und Stößel
- Nylonschnur
- Nagellackentferner
- Wattestäbchen
- Feuerzeug und Streichhölzer
- Spiegel mit einem Stab (zum Um-die-Ecke-Gucken)
- Haarbleichmittel (mit dem darin enthaltenen Wasserstoffperoxid lässt sich Blut nachweisen – Blut lässt das Mittel schäumen)
- Müsliriegel (wichtig bei längeren Observierungen!)
- Sekundenkleber
- Schutzbrille
- Zwiebeln (falls nötig, lässt sich aus Zwiebelsaft eine unsichtbare Tinte herstellen, die man auf dem Papier mit Hitze sichtbar machen kann)

*Lösung: tethcilfprev tiehrhaW reD – F.L.O.W.*
*(Rückwärts gelesen ergibt das Ganze einen Sinn.)*

Simone Ehrhardt

## Das Geheimnis des goldenen Reiters
Ein Krimi zum Mitraten

Der spannende Krimi zum Mitraten für Kinder ab 10 Jahren, der auch auf Glaubensfragen eingeht. Seltsame Dinge geschehen bei einem Museumsbesuch: Die Skulptur „Der goldene Todesreiter" wird gestohlen und Wuschels Ratte Freddy verschwindet. Olaf, Wuschel und Latif beobachten einen Verdächtigen. Ist er der Dieb? Plötzlich wird seine Tochter entführt. Schaffen es die Kinder rechtzeitig, sie zu befreien, den Diebstahl aufzuklären und Freddy zu retten?

Gebunden, 13,5 x 20,5 cm, 192 Seiten
ISBN 978-3-417-28640-3

## Spielen · Glauben
## Rätseln · Wissen

In KLÄX, dem Monatsmagazin für Kids ab 7, steckt jede Menge Spaß, Wertvolles und Wissenswertes: Comics, Glaubens-Basics, Juniorreporter unterwegs, Bibelstorys, Detektivgeschichten, Tierinfos, Poster, Rätsel und vieles mehr. KLÄX begleitet junge Leser ein Stück auf ihrem Weg durch die Welt und mit Gott.

10 Ausgaben/Jahr

KLÄX erscheint 10 Mal im Jahr.
Ein Abonnement erhalten Sie in
Ihrer Buchhandlung oder unter

www.bundes-verlag.net
Tel. (D): 02302 93093-910 · Tel. (CH): 043 288 80 10
Fax (D): 02302 93093-689 · Fax (CH): 043 288 80 11

Kostenlos testen unter: **www.kläx.net**